WREADERS

Über die Autorin:

Mona Schwab wurde im Jahr 1988 geboren, lebt in Wasserburg am Inn und arbeitet im Bereich der sozialen Medien. Bereits im Kindergarten tauchte sie begeistert in andere Welten ein und fing schon mit acht Jahren an, ihre eigenen Geschichten zu verfassen. Ihre Wohnung ist eine Bibliothek und sie liebt Tage voller Kaffee, Musik und Schreiben über alles.

Briefe und Tee

Mona Schwab

WREADERS

WREADERS TASCHENBUCH
Band 15

Dieser Titel ist auch als E-Book erschienen

Vollständige Taschenbuchausgabe
Deutsche Erstausgabe

Umschlaggestaltung: Julia Schrader
Satz: Sarah Schubert
Layout: Lena Weinert

www.wreaders.de

ISBN: 978-3-96733-028-1

Für Alex

WREADERS

Postfach 950 643

***

01.07.2017

Hallo Du!

Heutzutage gibt es leider viel zu wenig Briefverkehr. Aus diesem Grund starte ich heute ein Experiment. Und zu diesem Experiment gehörst Du! Schreib. Bitte, bitte schreib. Schreib mir alles, was dir in den Kopf gelangt. Und wenn du magst, vielleicht auch mit einer Adresse, wo ich dich erreichen kann (E-Mail, Postfach). Ich freue mich auf Post!

Deine Sophie

***

Jonas

***

01.07.2017

Hey Sophie,

ich hab deine Postfach Nummer an der Wand vom Kino gesehen. Was suchst du? Das würde mich ja mal interesieren!!!!!! ;)

Ich kann dein rettender Prinz sein oder dein Spielfreund. Für du weißt schon. *fg*

Ich bin Jonas und bin 18 Jahre alt. Meine Hobbys sind Party machen, lesen, skate boarden und Cocktails mischen. Ich wette, dass du viele Briefe bekommst, oder? Meine Mama sagt auch immer das es so schade ist, das heutzutage so wenig briefe geschrieben werden. Sie und Papa haben sich früher in der Schule immer Liebes Briefe geschrieben. irgendwie ist das ja schon Süß. findest du auch? wobei ich ja Eher auf nachrichten mitm handy steh.

Meld dich mal, Süße. :-*

Meine E-Mail Adrese: jonasolafson@mymail.de

Dein Jonas

***

05.07.2017 17:35 Uhr

Von: sophietestme@mailfree.de
An: jonasolafson@mymail.de
Betreff: Deine Nachricht an Sophie.

Hallo Jonas!

Vielen lieben Dank für deinen Brief. Ich hätte niemals gedacht, dass mir jemand schreibt. Umso erfreuter bin ich gerade, dass du es tust.

Wenn du meine Nummer im Kino gefunden hast, welchen Film hast du dir denn angesehen?

Du hast gefragt, was ich suche. Nun, das habe ich eigentlich bereits angegeben. Jemanden, mit dem ich Briefe schreiben kann. Jemanden zum Spielen brauche ich nicht, ich bin schon über 20 und habe meine Spielgefährten für Brettspielabende bereits gefunden. Aber da kannst du dich uns jederzeit anschließen.

Deine Hobbys klingen sehr interessant und dadurch wirkst du auch sehr ... sozial aktiv. Die Geschichte mit deinen Eltern fand ich süß. Meine haben sich früher auch immer Liebesbriefe geschrieben. Mama hat ihre immer noch.

Was für Musik magst du so?

Wenn du möchtest, kannst du mir entweder gerne deine Adresse geben oder wir schreiben hier weiter.

Liebe Grüße

Sophie

***

Jens

***

01.07.2017

Guten Tag, Sophie.

Ich finde es durchaus interessant, dass du deine Postfachnummer mit uns teilst. Aber denkst du nicht, es ist gefährlich? Gerade hier in der Stadt laufen viele zwielichtige Gestalten umher. Das solltest du bedenken und darfst du nicht vergessen.

Du hast geschrieben, dass man dir schreiben kann, was man möchte. Nun, dann tue ich das. Ich bin Jens, bin 43 und komme - wie du wahrscheinlich auch - aus Hamburg. Ich bin hier aufgewachsen und liebe die Stadt.

Wie ist es mit dir? Bist du hier geboren? Oder bist du hierher gezogen? Ich weiß, eine Dame fragt man nicht nach ihrem Alter, aber ich tue es dennoch: Wie alt bist du? Oder soll ich besser fragen: Wie jung bist du?

In meiner Freizeit segle ich gerne. Außerdem reise ich irrsinnig gerne durch die Welt. Reist du auch gerne? Ich war bereits in Italien, Frankreich, England, Kanada, Ägypten, Rumänien, Lettland, Polen, Tschechien und Russland. In einigen Ländern war ich sogar schon mehrmals, weil es mir dort so gut gefiel. Außerdem habe ich zwei Kinder. Die Jüngste ist 15 und die Älteste ist 18. Ich selbst bin Dozent an der Uni Hamburg.

Gerade regnet es und ich werde nun deinen Brief einwerfen. Dies werde ich mit einem hübschen Spaziergang mit Newton, meinem Hund, verbinden.

Ich grüße dich, Sophie.

Jens.

P.S.: Mich erreichst du unter J_M@myfreemail.com

***

05.07.2017 17:12 Uhr

Von: sophietestme@mailfree.de
An: J_M@myfreemail.com
Betreff: Dein Brief an Sophie

Hallo Jens,

vielen lieben Dank für deinen tollen, langen Brief. Ich habe mich sehr gefreut.

Wenn ich mein Postfach angebe, dann weiß ja nicht jeder sofort, wo ich wohne. Und ich möchte mein Gegenüber sowieso erst ein bisschen kennenlernen, bevor ich meine richtige Adresse herausgebe. Aber danke für deine Sorge.

Ich persönlich bin nicht in Hamburg geboren, nein. Aber ich bin hier aufgewachsen. Also bin ich nur ein halbes Hamburger Mädchen. ;) Gefällt es dir in Hamburg? Fühlst du dich hier wohl? Und um deine Frage bezüglich meines Alters zu beantworten: Ich bin 23 Jahre alt. :D

Deine Hobbys klingen sehr interessant und vielseitig. Ich liebe Reisen, ja. Aber ich war noch nicht mal in halb so vielen Ländern wie du. Seit wann segelst du? Und hast du für dieses Jahr Urlaub geplant, mit deiner Familie? Und was lehrst du an der Uni in Hamburg?

Du hast einen Hund? Ich habe einen Hund und zwei Katzen, besser gesagt meine Familie.

Ich verrate dir etwas, Jens: Menschen machen mir Angst.

Viele liebe Grüße,

Sophie

***

Sven

***

01.07.2017

ey prinzessin. ich such ein betthäschen. meld dich, süße.
egal, wie du aussiehst.
ruf mich an. 0163-6x53159
sven

***

Mia

***

02.07.2017

Liebe Sophie,

Wie geht es dir?

Ich fand deine Postfachnummer in der Toilette in der Uni-Bibliothek und war sehr erstaunt, dass es noch jemanden gibt, der gerne Briefe schreibt. Ich bin Mia und 23 Jahre alt. Wie du vielleicht gemerkt hast, studiere ich an der Uni Hamburg. Und zwar Soziologie. Und du, was studierst du? Oder warst du dort nur zu Besuch?

Was machst du denn gerne in deiner Freizeit?

Erreichbar bin ich unter: MiaApplepie@mailfree.de

Ich würde mich auf jeden Fall über eine Nachricht freuen.

Viele liebe Grüße

Mia.

***

06.07.2017 13:02 Uhr

Von: sophietestme@mailfree.de
An: MiaApplepie@mailfree.de
Betreff: Deine Nachricht an Sophie.

Liebe Mia,

hier ist Sophie. Deine E-Mail-Adresse ist übrigens wundervoll. Ich liebe Kuchen.

Ich danke dir sehr für deine liebe Nachricht und antworte dir natürlich sofort. Mir geht es gut, danke der Nachfrage. Wie geht es denn dir?

Du studierst Soziologie? Wow, das finde ich total spannend. Ich studiere auch, ja. Psychologie. Und ich bin ebenfalls 23 Jahre alt.

In meiner Freizeit lese ich sehr gerne und ich liebe Serien. Du auch? Was machst du denn in deiner Freizeit?

Ich würde mich über eine Antwort deinerseits freuen.

Viele liebe Grüße

Sophie

***

Ludo

***

04.07.2017

Hallo Sophie,
eine schöne Schrift hast du da. ;)
Herzlichst,
Ludo.

***

Asta

***

05.07.2017

Hallo Sophie, ich bin Asta.

Ich finds voll super das du da einfach dein Postfachding angegeben hast und man dir dann schreiben darf. Das ist echt cool. Meine Freundinnen haben mich ausgelacht, weil ich mir deine Nummer aufgeschrieben habe aber vielleicht wirds ja cool. Ich such nämlich immer nach Freunden. Und wir verstehen uns bestimmt ganz toll.

Ich war mit meinen Freundinnen im Kino und dann stand da deine Nummer. Voll cool. Du hast gesagt, dass man schreiben kann, was man mag. Mir gehts nämlich voll schlecht, weil meine Eltern sich ständig streiten. Und irgendwie hab ich keinen mit dem ich drüber reden kann. Aber is echt voll nett, dass man dir das so schreiben kann.

Ansonsten gibts da noch so n Typen, Andreas heißt der. Der ist so toll und er schaut mich immer an. Aber er redet nicht mit mir. Wahrscheinlich findet er mich einfach zu uncool. Naja, Mandy meine beste Freundin meint, ich soll ihm einen Brief schreiben. Was meinst du dazu?

HDL

Asta (astabiggirl@freemymail.de)

***

08.07.2017 14:32 Uhr

Von: sophietestme@mailfree.de
An: astabiggirl@freemymail.de
Betreff: Deine Nachricht an Sophie.

Liebe Asta,

danke für deine Nachricht. Dass deine Freundinnen dich

ausgelacht haben, tut mir leid. Aber es ist ja nichts Dummes dabei, wenn man sich so etwas abschreibt. Einen Versuch ist so etwas immer wert. Umso mehr freue ich mich, dass du mir schreibst. :)

Dass sich deine Eltern ständig streiten, ist schade. Es tut immer weh, wenn man zusehen muss, wenn sich die Eltern in den Haaren haben. Ich kenne das auch sehr, sehr gut. Bei mir war das früher auch oft ganz schlimm mit meinen Eltern, weißt du?

Du könntest Andreas wirklich einen Brief schreiben - warum nicht? Vielleicht traut er sich selbst nicht, den ersten Schritt zu machen.

Viele liebe Grüße

Sophie.

***

Jonas II

***

05.07.2017 17:40 Uhr

Von: jonasolafson@mymail.de
An: sophietestme@mailfree.de
Betreff: Re: Deine Nachricht an Sophie.

Hey Süße,
danke für deine nachricht.
hast du bock, dich zu Treffen?
Jonas

***

05.07.2017 17:55 Uhr

Von: sophietestme@mailfree.de
An: jonasolafson@mymail.de
Betreff: Re:Re: Deine Nachricht an Sophie.

Hallo Jonas,
sorry, aber das geht mir doch etwas zu schnell.
Sophie.

***

05.07.2017 17:57 Uhr

Von: jonasolafson@mymail.de
An: sophietestme@mailfree.de
Betreff: Date mit deinem Traumann

Ach komm schon, süße. ich beiß ja nicht. Außer an den Stellen an denen du es magst. ;)
jonas

***

05.07.2017 18:03 Uhr

Von: sophietestme@mailfree.de
An: jonasolafson@mymail.de
Betreff: Re: Date mit deinem Traumann

Jonas, danke für das Angebot. Aber nein, danke.

Ich wünsche dir alles Gute weiterhin und einen schönen Abend.

Sophie

***

05.07.2017 18:06 Uhr

Von: jonasolafson@mymail.de
An: sophietestme@mailfree.de
Betreff: Du bist prühde

Wow. du bist ganz schön prühde. Wahrscheinlich bist du noch jungfrau. lol

ich wollte dich nur mal sehen. aber konnte man ja nicht ahnen, dass du dich so zierst.

Hälst dich wohl für was besseres, nich wahr?

***

05.07.2017 18:08 Uhr

Von: jonasolafson@mymail.de
An: sophietestme@mailfree.de
Betreff: Du bist prühde

hallo???????!!!!!!!

***

05.07.2017 18:10 Uhr

Von: sophietestme@mailfree.de
An: jonasolafson@mymail.de
Betreff: Re: Du bist prühde

Jonas, bitte lass' mich in Ruhe, wenn du nur solche Nachrichten zu schreiben gedenkst.
Liebe Grüße
Sophie.

***

05.07.2017 18:12 Uhr

Von: jonasolafson@mymail.de
An: sophietestme@mailfree.de
Betreff: Re:Re: Du bist prühde

bitsch.

***

Jens II

***

05.07.2017 17:30 Uhr

Von: J_M@myfreemail.com
An: sophietestme@mailfree.de
Betreff: Re: Dein Brief an Sophie

Hallo Sophie,

danke dir für deine Antwort. Ich hatte ehrlich gesagt ja nicht damit gerechnet, dass du mir antwortest. Du hast Recht, es macht Sinn, dass man sein Gegenüber erst kennenlernt, bevor man seine Adresse herausgibt. Aber dennoch solltest du aufpassen.

Ich fühle mich sehr wohl im Hamburg, es ist meine Heimat - ganz klar! Du bist 23 Jahre jung? Ohweh, du könntest ja fast meine Tochter sein.

Ich segle seit fast 20 Jahren. An der Uni lehre ich Philosophie. Bist du etwa Studentin?

Wie schön, Tiere sind wunderbar! :)

Jens

***

05.07.2017 17:35 Uhr

Von: sophietestme@mailfree.de
An: J_M@myfreemail.com
Betreff: Re:Re: Dein Brief an Sophie

Hallo Jens,

danke auch für deine Antwort. Ich freue mich immer sehr über Post und darüber, wenn man sich gut unterhalten kann.

Ist es für dich ein Problem, dass ich erst 23 bin? Und ja,

ich studiere an der Uni Hamburg. Allerdings Psychologie.
Wie geht es dir so?
Sophie

***

12.07.2017 19:30 Uhr

Von: J_M@myfreemail.com
An: sophietestme@mailfree.de
Betreff: Abschied

Sophie, ich denke, wir sollten nicht miteinander schreiben. Immerhin belegst du einen Kurs bei einem sehr guten Freund von mir. Entschuldige.
Ich wünsche dir alles Gute.
J. Mensheim

***

12.07.2017 21:45 Uhr

Von: sophietestme@mailfree.de
An: J_M@myfreemail.com
Betreff: Re: Abschied

Sehr geehrter Herr Mensheim,
damit bin ich einverstanden. Auch Ihnen alles Gute.
Freundlichst,
Sophie N.

***

Fee

***

11.07.2017

Hi Sophie.

Ich bin auf der Suche nach einer Freundin, bzw. auf der Suche nach einer festen Freundin. Und wer weiß? Vielleicht klappt das ja? Ich bin Fee; 1,76 groß, blonde Haare und strahleblaue Augen. Ich wiege 65 Kilo, ich hoffe das ist okay für dich. Wie siehst du aus? Wollen wir uns mal sehen?

Meld dich unter: feenfluegel@mailme.de

Deine Fee.

***

18.07.2017 12:31 Uhr

Von: sophietestme@mailfree.de
An: feenfluegel@mailme.de
Betreff: Deine Nachricht an Sophie.

Hallo Fee,

danke für deine Nachricht. Ich muss dir nur leider sagen, dass ich nicht auf deiner Seite des Sees schwimme. Tut mir leid.

Aber ich würde mich sehr freuen, wenn wir ein bisschen schreiben. Wenn du magst. :)

Liebe Grüße
Sophie

***

18.07.2017 12:33 Uhr

Von: feenfluegel@mailme.de
An: sophietestme@mailfree.de
Betreff: Re: Deine Nachricht an Sophie.

Aha. Nett, danke. Hast du etwa was gegen Homosexuelle?!

***

18.07.2017 12:37 Uhr

Von: sophietestme@mailfree.de
An: feenfluegel@mailme.de
Betreff: Re:Re: Deine Nachricht an Sophie.

Nein, wie kommst du darauf? Davon war doch nie die Rede?

***

18.07.2017 12:41 Uhr

Von: feenfluegel@mailme.de
An: sophietestme@mailfree.de
Betreff: Re:Re:Re: Deine Nachricht an Sophie.

Du verletzt mich wirklich zutiefst, Sophie.

***

18.07.2017 12:43 Uhr

Von: sophietestme@mailfree.de
An: feenfluegel@mailme.de
Betreff: Sorry.

Tut mir leid, Fee.

***

18.07.2017 12:44 Uhr

Von: feenfluegel@mailme.de
An: sophietestme@mailfree.de
Betreff: Re: Sorry.

Jaja. Du kannst mich.

***

19.07.2017 13:58 Uhr

Von: feenfluegel@mailme.de
An: sophietestme@mailfree.de
Betreff: Sophie, es tut mir leid.

Tut mir leid. Ich habe wohl etwas überreagiert.

***

21.07.2017 23:24 Uhr

Von: feenfluegel@mailme.de
An: sophietestme@mailfree.de
Betreff: Re: Deine Nachricht an Sophie.

Sophie?

***

22.07.2017 03:16 Uhr

Von: feenfluegel@mailme.de
An: sophietestme@mailfree.de
Betreff: Nachtgedanken

Sophie, es tut mir leid. Ich weiß, du wirst nicht mehr antworten. Ich war echt eine Zicke. Es tut mir leid. Ich hätte das nicht sagen dürfen.

Aber meine Exfreundin hat mich betrogen und ich bin einfach schlecht drauf. Wir haben uns im Juni getrennt und die Wunden sind noch so frisch. Sie hat immer gesagt, sie liebt mich. Aber dann betrügt sie mich. Ich hasse sie. Sie hat mein Herz zerfetzt. Kennst du das? Oh Mann. Ich laber dich hier voll und du liest es dir wahrscheinlich nicht mal mehr durch.

***

22.07.2017 12:43 Uhr

Von: sophietestme@mailfree.de
An: feenfluegel@mailme.de
Betreff: Re: Nachtgedanken

Fee, es ist in Ordnung. Es ist gut, dass du merkst, dass du überreagiert hast.

Das mit deiner Exfreundin tut mir wirklich leid. :(

Aber wenn du nach einer neuen Freundin suchst, bist du bei mir leider an der falschen Adresse, sorry.

Alles Gute!

***

Mia II

***

06.07.2017 19:56 Uhr

Von: MiaApplepie@mailfree.de
An: sophietestme@mailfree.de
Betreff: Re: Deine Nachricht an Sophie.

Sophie!

Ich hätte nicht gedacht, dass du mir schreibst. Du weißt gar nicht, wie sehr ich mich gerade freue. :3

Oh, und ich liebe Kuchen ebenso! Hast du einen Lieblingskuchen?

Es freut mich sehr, dass es dir gut geht. Mir geht es okay. :) Ich bin ständig so müde und antriebslos. Aber mein großer Bruder gibt mir manchmal den notwendigen Tritt in den Hintern. Hast du auch Geschwister? Wenn ja, dann weißt du ja, wie das ist. Zwischen Geschwistern ist das immer eine Hassliebe. Finde ich zumindest. Aber ohne Raik wäre ich nichts.

Wie lustig, dass du auch studierst. Und du liest gerne? Was liest du? Serien liebe ich über alles. In meiner Freizeit verbringe ich viele Stunden mit Lernen und ansonsten mit lesen und Serien gucken. :D

So. Ich muss Schluss machen. Mein Bruder hat gekocht. Das kann ich mir nicht entgehen lassen.

Liebe Grüße
Mia

***

06.07.2017 20:12 Uhr

Von: sophietestme@mailfree.de

An: MiaApplepie@mailfree.de
Betreff: Dein Bruder kann kochen?

Liebe Mia,
danke für deine Nachricht. :3
Dein Bruder kann kochen? Wow. Da kann meiner ja noch einiges lernen. :D (womit deine Frage zu Geschwistern schon beantwortet wäre)
Ob ich einen Lieblingskuchen habe? Ich liebe alles, das mit Schokolade zu tun hat. Und du? Apfelkuchen?
Schläfst du denn nicht genug, weil du ständig müde und antriebslos bist?
Ich lese eigentlich alles was mir in die Finger kommt. Romane, Thriller, Krimis, Historische Romane,... ich liebe alles, was mich in eine andere Welt zieht und mich zwischen den Zeilen verschwinden lässt. Und wie ist das bei dir?
Liebe Grüße
Sophie

***

06.07.2017 23:39 Uhr

Von: MiaApplepie@mailfree.de
An: sophietestme@mailfree.de
Betreff: Re: Dein Bruder kann kochen?

Ja, Raik kann kochen. Und das auch noch echt gut. Ich weiß nicht, wo er das gelernt hat. Denn Mama und Papa haben es nicht so drauf wie er. Richtig, mein Lieblingskuchen ist der Apfelkuchen. Ich liebe Apfelkuchen so sehr.
Eigentlich schlafe ich wohl genug. Ich weiß nicht, warum ich ständig müde und antriebslos bin. Es nervt mich. Manchmal habe ich nicht mal die Kraft um in die Uni zu gehen. Kennst du das?
Bei den Büchern bin ich vollkommen bei dir. Es ist das beste, wenn man am Wochenende auf der Couch sitzen kann, eine Tasse Tee und ein gutes Buch. Hast du schon mal

ein Young Adult-Buch gelesen?

Ich wünsche dir eine gute Nacht, Sophie. Schlaf gut. Und vielleicht bis bald? :)

***

06.07.2017 23:54 Uhr

Von: sophietestme@mailfree.de
An: MiaApplepie@mailfree.de
Betreff: Gute Nacht, Mia!

Was kocht Raik denn immer so? Ich wünschte, ich könnte Fiete auch mal dazu überreden, was zu kochen. Aber das bleibt immer an mir hängen. :D

Mh, du hast oftmals nicht mal die Kraft, um aufzustehen? Kannst du denn gut einschlafen? ;_; Oder ist dein Kopf voller Gedanken? Kann ich denn was für dich tun? Ich weiß, wir kennen uns kaum, aber manchmal hilft es ja, mit jemandem zu sprechen, den man nicht kennt.

Ein Young Adult-Buch habe ich noch nicht gelesen, wenn ich ehrlich bin. Da hab ich mich noch nie so richtig getraut, weil ich denke, dass mir das nicht gefällt. Liest du Bücher aus diesem Genre?

Liebe Mia, schlaf gut und träum was Schönes. :)

Sophie

***

07.07.2017 03:14 Uhr

Von: MiaApplepie@mailfree.de
An: sophietestme@mailfree.de
Betreff: Die Gedanken sind so laut.

Sophie, ich habe so Angst. Die Dunkelheit trägt dazu bei, dass meine Gedanken zu laut sind. Ich kann nicht schlafen. Und ich möchte mir gerade einfach nur die Ohren vom Kopf abreißen. Oder nein, am liebsten würde ich mir den Kopf abreißen. Ich will nichts mehr denken und nichts mehr fühlen. Ich weine gerade wie ein kleines Baby. Shit.

***

07.07.2017 04:53 Uhr

Von: MiaApplepie@mailfree.de
An: sophietestme@mailfree.de
Betreff: Vergiss die letzte Nachricht.

Sophie, bitte vergiss die letzte Nachricht. Wenn Raik mitbekommen würde, dass ich wieder einen Deprischub habe, würde er sich nur noch mehr Sorgen um mich machen.

Ich hoffe, du schläfst tief und fest.

***

07.07.2017 07:32 Uhr

Von: sophietestme@mailfree.de
An: MiaApplepie@mailfree.de
Betreff: Re: Vergiss die letzte Nachricht

Liebe Mia,

es tut mir leid, dass ich nicht mehr online war. Und es tut mir leid, dass ich die letzte Nachricht nicht vergessen kann. Ich mache mir ein bisschen Sorgen um dich, Mia. Ist die Dunkelheit denn oft zu Besuch bei dir? Was für Gedanken sind denn so laut? Möchtest du mir davon erzählen? Ich wünschte, ich wäre wach gewesen. Ich hoffe, dir geht es nach dem Aufwachen etwas besser.

Auch, wenn wir uns noch nicht kennen, noch nicht wirklich gut - ich bin da. Ja? Melde dich, wenn dir danach ist.

Sophie.

***

Asta II

***

08.07.2017 14:32 Uhr

Von: astabiggirl@freemymail.de
An: sophietestme@mailfree.de
Betreff: Re: Deine Nachricht an Sophie.

Hi Sophie. Das ist so nett von dir, das du antwortest. danke für deine Antwort.

Also du meinst ich soll ihm einen brief schreiben? Dann mache ich das. ich erzähl dir dann, was rausgekommen ist. :)

***

08.07.2017 14:40 Uhr

Von: sophietestme@mailfree.de
An: astabiggirl@freemymail.de
Betreff: Re:Re: Deine Nachricht an Sophie.

Hey Asta,

ja, bitte halte mich doch auf dem Laufenden, wie er auf deinen Brief reagiert hat. :)

Sophie

***

15.07.2017 12:52 Uhr

Von: astabiggirl@freemymail.de
An: sophietestme@mailfree.de
Betreff: Er ist so süß.

Sophie, er ist so süß. Ich hab den ersen Schritt gemacht und wir sin jetzt zusammen. Er war auch die ganze zeit in mich verliebt. ich freue mich so. Er ist soooo süß. Seine Haare sind so toll und seine Augen. Hach. Sophie. Ich bin richtig verliebt.

***

16.07.2017 16:23 Uhr

Von: sophietestme@mailfree.de
An: astabiggirl@freemymail.de
Betreff: Re: Er ist so süß.

Liebe Asta, das freut mich sehr für dich! Ich wünsche euch weiterhin viel Glück. :)
Sophie.

***

16.07.2017 17:00 Uhr

Von: astabiggirl@freemymail.de
An: sophietestme@mailfree.de
Betreff: Re:Re: Er ist so süß.

Danke, Sophie. Ich bin so glücklich. :)
Mir geht es so super!

***

16.07.2017 17:03 Uhr

Von: sophietestme@mailfree.de
An: astabiggirl@freemymail.de
Betreff: Re:Re:Re: Er ist so süß.

Das freut mich wirklich. :)
Sophie.

***

16.07.2017 17:06 Uhr

Von: astabiggirl@freemymail.de
An: sophietestme@mailfree.de
Betreff: Er ist soooo süß.

Jupp. :)

***

Mia III

***

09.07.2017 12:21 Uhr

Von: MiaApplepie@mailfree.de
An: sophietestme@mailfree.de
Betreff: Re:Re: Vergiss die letzte Nachricht

Liebste Sophie,

es tut mir sehr leid, dass ich mich erst heute melde. Aber ich habe ein bisschen Pause und Ruhe gebraucht. Mir geht es jetzt wieder besser. Schlafen und Serien schauen hilft mir dann doch meistens. Hast du auch etwas, das dir hilft, wenn du dich nicht wohl fühlst?

Also wenn du gerne mal ein Young Adult-Buch lesen möchtest, ich kann dir gerne mal eine Liste mit Empfehlungen zukommen lassen? Liest du denn auch Fantasy? Da habe ich persönlich noch kein einziges Buch gelesen.

Wie geht es DIR?

Mia.

***

09.07.2017 13:36 Uhr

Von: sophietestme@mailfree.de
An: MiaApplepie@mailfree.de
Betreff: Fantasy

Mia! Was bin ich froh, wieder von dir zu lesen! Ich habe mir wirklich große Sorgen gemacht.

Was mir hilft, wenn ich einen richtigen Durchhänger habe, sind Musik und mein Tagebuch. Ich schreibe zuerst all den Blödsinn auf, der mir im Kopf herumspukt. Anschließend mache ich es mir im Bett gemütlich und ... lese oder schaue ein bisschen Fern (im besten Fall finde ich eine Serie, die ich mag). Meiner Meinung nach ist es wichtig, dass man sich in solchen Phasen Zeit für sich nimmt. Aber man darf sich nicht zu sehr verkrümeln, sonst überrennt einen das Gefühl nur noch mehr.

Über deine Empfehlungs-Liste würde ich mich wirklich sehr freuen. Aber jetzt muss ich doch mit dir schimpfen: Du hast noch kein einziges Buch aus dem Fantasy-Genre gelesen? Wirklich nicht? Dann solltest du das schleunigst nachholen! :O

Mir geht es gut soweit. Nächste Woche muss ich ein Referat halten, das hält mich ein bisschen auf Trab. Wie läuft es in der Uni bei dir?

Sophie.

P.S.: Meine eigentliche E-Mail-Adresse: wind_in_den_haaren@mailfree.de - vielleicht schreibst du mir ja dort? Ich würde mich freuen.

***

09.07.2017 15:32 Uhr

Von: MiaApplepie@mailfree.de
An: wind_in_den_haaren@mailfree.de
Betreff: Ja, es gibt noch Leute, die noch kein Fantasybuch gelesen haben! :D

Oh, Sophie. Ich muss sagen, dass es mir so guttut, mir dir zu schreiben. Irgendwie werde ich bei dir ganz ruhig, denn ich fühle mich wohl. Es kommt mir so vor, als würden wir uns schon total lange kennen. Ich hoffe, ich trete jetzt nicht in ein Fettnäpfchen, das wäre peinlich. Wobei ich die an sich eigentlich immer sehr gerne mitnehme. Versteck eins für mich, ich finde es.

Dein Durchhängeplan hört sich gut an. Ich könnte mir vorstellen, den Punkt mit dem Tagebuch zu übernehmen. Wenn man die Gedanken, die einem im Kopf herumwirbeln, auf einem Blatt Papier strukturiert, kann man sie vielleicht wirklich besser loswerden. Vielen Dank für den Tipp!

Und du brauchst gar nicht so mit mir zu schimpfen! Du bist es, die noch nie ein Young Adult-Buch gelesen hat!

In der Uni läuft es eigentlich ganz gut. Lustig, auch ich muss nächste Woche ein Referat halten. Es war eine Gruppenarbeit und ... rate mal, wer die meiste Arbeit hatte? Richtig. Moi.

Raik kocht heute Spaghetti Carbonara und ich freue mich schon wie verrückt darauf.

Wie war dein Tag?

Mia.

***

09.07.2017 22:58 Uhr

Von: wind_in_den_haaren@mailfree.de
An: MiaApplepie@mailfree.de
Betreff: Besser spät als nie.

Liebe Mia,

du schläfst vielleicht schon. Ich war bis gerade eben noch mit einer Freundin unterwegs. Zuerst ein bisschen nach neuen Klamotten Ausschau halten, zwischendurch Kaffee trinken und zum Schluss waren wir noch etwas Essen. Wir haben uns etwas verquatscht. Aber ich habe ihr von meinem Briefprojekt erzählt. Und auch ein bisschen von dir, aber keine Angst - nichts Persönliches. Ich habe nur erzählt, dass ich gerne mit dir schreibe. Ich hoffe, das war okay. Was hast du gemacht?

Und ich fühle mich bei dir auch sehr wohl. Du bist lustig und ich finde es toll, dass du auch auf mich eingehst und nichts ignorierst. Glaub mir, das ist verdammt selten. Ich freue mich, dass du es auch so siehst, wie ich. Das mit den Fettnäpfchen kenne ich auch, glaub mir.

Aber eigentlich sollte das ja ein Briefaustausch werden. Ich weiß nicht, hättest du denn vielleicht Lust, dass wir unsere Adressen austauschen und wir uns Briefe schreiben? Es würde mich sehr freuen.

Ja, Asche über mein Haupt. Ich habe noch nie ein Young Adult-Buch gelesen und du noch kein Fantasybuch. Also wissen wir ja, was wir bald machen werden: Bücher tauschen.

Oh, das kenne ich. Also, dass du alles alleine machen musst, bei einer Gruppenarbeit. Ich hatte relativ Glück mit meiner Gruppe. Aber andere nicht so. Vielleicht kannst du ja noch wechseln?

Und wie wäre es, wenn du mir schreibst, was dich am jeweiligen Tag glücklich gemacht hat? Also, wenn es etwas gab, dass dich gefreut hat, oder das du schön fandest?

Es ist schon wieder so lang geworden. Bitte entschuldige.

Sophie.

***

Sarah

***

12.07.2017

Wenn der Mond so silbern scheint
Dann sind wir ganz fest vereint.
Du und ich. ich und du.
Wir geben einfach keine Ruh'.

Das Gedicht ist totaler Müll.
Und zum Tanzen tragen wir Tüll.
Es ist egal, wie blöd es ist.
Hauptsache, es ist ein kleines Gedicht.

- sarah.

Leon

***

12.07.2017

manchmal frage ich mich, ob sie mich überhaupt liebt, sophie.

es ist wunderbar, du kennst mich nicht. und ich kann alles bei dir abladen.

ich liebe sie, wirklich. aber ich habe das gefühl, sie sieht mich nicht.

und das tut weh. wir sind zusammen. aber ich habe das gefühl, als würde sie mich gar nicht sehen oder wahrnehmen oder gar lieben.

ich liebe sie. und ich brauche sie so sehr. aber sie verletzt mich nur. ich denke, es ist das beste, wenn ich unter dem ganzen einen schlussstrich ziehe. nur kann ich das einfach nicht.

liebe ist echt ein a*schloch.

leon (4evererror@yourfreemail.de)

***

15.07.2017 16:22 Uhr

Von: sophietestme@mailfree.de
An: 4evererror@yourfreemail.de
Betreff: Deine Nachricht an Sophie

Lieber Leon,

vielen Dank für deine ehrliche und offene Nachricht. Einerseits freut es mich, dass du dich an mich wendest und mir deine Gefühle so anvertraust. Andererseits tut es mir wirklich leid, dass es dir so geht.

Wie lange seid ihr denn inzwischen zusammen?

Ich bin immer jemand, der Dinge gerne direkt anspricht -

aber davor hast du Angst, oder? Also, dass du sie auf deine Gedanken ansprichst und mit ihr ein klärendes Gespräch führst? Wichtig ist, dass du ihr dann keine Vorwürfe machst, sondern deine Gedanken und Wünsche in "Ich-Botschaften" packst. Also beispielsweise so: "Ich würde mir wünschen, dass du mir öfter zeigst, dass du mich liebst." oder "Ich würde mir wünschen, dass du, was deine Gefühle angeht, ehrlich mit mir bist." Vielleicht wäre das ein Weg für dich? Ansonsten würde ich dir auch den klassischen Weg eines Briefes vorschlagen? Hier kannst du dir in Ruhe Gedanken machen, was du ihr sagen möchtest und umgehst die eklige Situation eines unangenehmen Gespräches.

Keine Ahnung, ob ich dir ein bisschen helfen konnte? Melde dich, ja?

Alles Gute und viel Kraft.

Sophie.

***

Rosie

***

12.07.2017

Hallo Sophie,

deine Postfachnummer habe ich in *Beetkes Café* entdeckt. Ich liebe dieses Café und es macht dich sehr sympathisch, dass du es auch so magst. Momentan arbeite ich dort (Schleichwerbung. ;)) und vielleicht sehen wir uns ja bald mal dort? Ich würde mich freuen.

Bis dahin alles Liebe.

Rosie.

***

Mia IV

***

12.07.2017 23:46 Uhr

Von: MiaApplepie@mailfree.de
An: wind_in_den_haaren@mailfree.de
Betreff: Glücklich gemacht haben mich heute Schokokekse.

Liebe Sophie,

bitte sei nicht böse, aber ich gebe irgendwie so ungern meine Adresse heraus. Deswegen müssen wir uns weiterhin erst einmal auf E-Mails beschränken. Ich hoffe, das ist in Ordnung für dich. Und E-Mails sind ja auch irgendwie Briefe, oder?

Der Abend mit deiner Freundin klingt sehr gut. Es freut mich, dass dein Tag so schön war. Und es freut mich, dass du von mir erzählt hast. Ich hoffe allerdings wirklich, dass du nichts Persönliches weitergetratscht hast. Das fände ich sehr schade.

Ich habe heute gelernt und ein bisschen im Internet gesurft.

Nein, die Gruppe kann ich leider nicht mehr wechseln. Wir tragen ja schon in einigen Tagen vor. Aber ich werde mich hüten, wieder mit diesen Personen zusammenzuarbeiten.

Ich wünsche dir eine gute Nacht. Bis bald.

Mia.

***

12.07.2017 23:56 Uhr

Von: wind_in_den_haaren@mailfree.de
An: MiaApplepie@mailfree.de
Betreff: Re: Glücklich gemacht haben mich heute Schokokekse.

Liebe Mia, bitte habe kein schlechtes Gewissen, weil du mir deine Adresse nicht geben möchtest. Ich verstehe das. Und E-Mails sind auch wunderbar. Ich bin froh, solange ich mit dir Kontakt haben kann. Hast du dir schon mal überlegt, ob du dir sarchastic holst? Hast du sarchastic? Das ist ein praktischer Messenger mit dem man ganz einfach Nachrichten verschicken kann.

Mia, bitte sei unbesorgt, ich würde niemals etwas Persönliches weitertratschen. So bin ich nicht. War ich nie und werde ich auch nie sein. Ich hoffe, du glaubst mir das.

Und es freut mich übrigens sehr, dass du mir erzählst, was dich glücklich gemacht hat heute.

Liest du denn im Moment etwas?

Mh. Dann ist es wohl wirklich das Beste, wenn du nicht mehr mit diesen Menschen zusammenarbeitest. :s

Schlaf gut, Liebes. Bis bald.

***

Asta III

***

14.07.2017 15:21 Uhr

Von: astabiggirl@freemymail.de
An: sophietestme@mailfree.de
Betreff: Hallo Soffie!

Hallo Soffie!

Ich bin so glücklich mit ihm. wow. er ist so toll. Es wäre so toll, wenn ich ihn dir Zeigen könnte. Ihr würdet euch bestimmt gut verstehen.Meinst du nich?

Wie siehst du so aus? Kannst du mal n Foto schicken? Er meinte er hätte vielleicht n Kumpel für dich. wär das nich was?

Muss jetzt weg. bis dann. :)

***

14.07.2017 22:11 Uhr

Von: sophietestme@mailfree.de
An: astabiggirl@freemymail.de
Betreff: Re: Hallo Soffie!

Hallo Asta,

ich heiße Sophie nicht Soffie. Nur als Info.

Es freut mich sehr, dass es zwischen euch beiden so wunderbar läuft. Es ist auch wirklich niedlich, dass ihr mich verkuppeln wollt, aber das brauche ich nicht wirklich. Danke trotzdem. :)

Ein Foto schicke ich dir natürlich auch nicht mit. Ich hab nicht so Lust, dass mein Foto im Internet kursiert (Ich habe da ein bisschen Paranoia, das hat nichts mit dir zu tun). Danke fürs Verständnis. Alles Gute!

Liebe Grüße
Sophie

***

Mia V

***

15.07.2017 04:11 Uhr

Von: MiaApplepie@mailfree.de
An: wind_in_den_haaren@mailfree.de
Betreff: Dunkelheit.

Sophie. Sie ist wieder da. Die Dunkelheit. Sie überrennt mich. Sie inhaliert mich und saugt mich ein, bis ich nicht mehr da bin. Ich bin wehrlos und liege in meinem Bett wie ein kleines Kind, das nicht im Stande ist, sich zu bewegen. Raik darf es nicht erfahren. Aber ich muss mit jemandem darüber sprechen. Und ich weiß, ich melde mich im Moment nicht, bzw. sehr selten. Doch in meinem Kopf ist zu viel Lärm. Ich komme nicht zur Ruhe. Es tut mir leid, Sophie. Es tut mir leid. Ich bin ein schrecklicher Mensch. Bitte verzeih mir.

***

15.07.2017 09:23 Uhr

Von: MiaApplepie@mailfree.de
An: wind_in_den_haaren@mailfree.de
Betreff: Hell.

Sophie, vermutlich bist du genervt von mir. Oder du bist sauer auf mich, weil ich mich so selten melde. Und wenn, dann rede ich nur von mir selbst. Ich muss mich entschuldigen. Es tut mir leid. Bitte sei nicht böse auf mich, ja?

***

15.07.2017 18:52 Uhr

Von: MiaApplepie@mailfree.de
An: wind_in_den_haaren@mailfree.de
Betreff: Hell.Dunkel.

Es tut mir leid. Ich hasse mich gerade selbst so sehr. Warum habe ich dich mit meinem Müll zugetextet? Wahrscheinlich hast du gerade genug zu tun, als dir meinen Rotz anzutun. Es tut mir leid, Sophie.

***

15.07.2017 20:12 Uhr

Von: wind_in_den_haaren@mailfree.de
An: MiaApplepie@mailfree.de
Betreff: Re: Hell.Dunkel.

Mia. Oh mein Gott. Es tut mir so leid! Mein Internet war den ganzen Tag nicht funktionstüchtig und erst jetzt geht es wieder. Verdammt. Es tut mir so leid, dass ich mich so spät melde. Ich hoffe, bei dir ist alles wieder einigermaßen okay?

Wenn es dir so schlecht geht, Liebes, dann wäre es aber vielleicht ganz gut, wenn Raik Bescheid wüsste. Er macht sich sicherlich große Sorgen um dich.

Kann ich dir denn irgendwie helfen? Kann ich denn etwas für dich tun? Lass die Dunkelheit nicht die Oberhand gewinnen, bitte.

Fühl dich umarmt. Sophie.

***

15.07.2017 23:23 Uhr

Von: MiaApplepie@mailfree.de
An: wind_in_den_haaren@mailfree.de
Betreff: Wein.

sopie ich bin sosfroh dasdu dich meldst. ich hatte schon ein bisschen angst. gerade stize ich auf meinem baklon und trinke wein. es ist sschon mein viertes glas und ald ist meine falsche leer. und dan ann ich endlich schlafen. ich freu mich schon so.

wie gehtsdir?

miapia.

***

15.07.2017 23:41 Uhr

Von: wind_in_den_haaren@mailfree.de
An: MiaApplepie@mailfree.de
Betreff: Re: Wein

Mia, bitte pass auf dich auf. Alkohol ist nicht immer die beste Lösung. Glaub mir bitte. Vielleicht wäre es gut, wenn du jetzt gleich ins Bett gehst und den Wein einfach mal Wein sein lässt?

***

15.07.2017 23:48 Uhr

Von: MiaApplepie@mailfree.de
An: wind_in_den_haaren@mailfree.de
Betreff: bettd

ich gehe jetzins bett, sofi. dsegwegn sag ich sjetz guuuuuut nasht. schlaff gut, liebe sofie.

dubisd doll.

mia.

***

15.07.2017 23:52 Uhr

Von: wind_in_den_haaren@mailfree.de
An: MiaApplepie@mailfree.de
Betreff: Re: bettd

Gute Nacht, Mialein. Ich hoffe, du kannst gut schlafen. <3

***

Charlie

***

14.07.2017

CHARLIE WAS HERE.

***

Jens III

17.07.2017

Liebe Sophie,

ich habe deine E-Mail-Adresse leider nicht mehr - dafür aber deine Postfachnummer. Ich wollte mich für meinen unschönen Abgang entschuldigen.

Meines Erachtens habe ich überreagiert und es tut mir leid. Höchstwahrscheinlich werden wir uns in der Uni sowieso nie über den Weg laufen und wir tun ja nichts Verbotenes, nur, weil wir schreiben und Gedanken austauschen.

Ich würde mich sehr freuen, wenn du dich wieder meldest. (J_M@myfreemail.com)

Aber ich könnte auch verstehen, wenn du es nicht tust.

Liebe Grüße

Jens

***

19.07.2017 07:32 Uhr

Von: wind_in_den_haaren@mailfree.de
An: J_M@myfreemail.com
Betreff: Deine zweite Nachricht an Sophie.

Hallo Jens,

ich muss sagen, ich war wirklich sehr erstaunt, als ich deine Nachricht erhalten habe. Damit hätte ich nicht gerechnet. Vor allem nicht, nachdem du mit so wuchtigen Argumenten um dich geworfen hast. Aber es freut mich, dass du es dir anders überlegt hast. Wie du siehst hat sich meine E-Mail-Adresse geändert, bzw. das hier ist meine private.

Wie waren deine letzten Tage? Geht es dir gut?

Liebe Grüße

Sophie

Mia VI

***

20.07.2017 11:34 Uhr

Von: wind_in_den_haaren@mailfree.de
An: MiaApplepie@mailfree.de
Betreff: Frage

Hey, Mia.

Wie geht es dir?

Ich glaube, ich bräuchte mal eben deinen Rat.

Sophie.

***

20.07.2017 11:50 Uhr

Von: MiaApplepie@mailfree.de
An: wind_in_den_haaren@mailfree.de
Betreff: Re: Frage

Sophie! Ich weiß, ich bin ein absolut unzuverlässiger Gesprächspartner. Es tut mir wirklich leid, dass du immer so lange auf meine Nachrichten warten musst. Aber die Uni nimmt mich gerade ziemlich ein.

Wie geht es dir? Mir geht es ganz gut, der Stress lenkt mich etwas ab.

Klar, wenn du meinen Rat brauchst, dann bin ich da, meine Liebe.

***

20.07.2017 12:14 Uhr

Von: wind_in_den_haaren@mailfree.de

An: MiaApplepie@mailfree.de
Betreff: Re:Re: Frage

Liebe Mia, bitte mache dir NIEMALS Stress oder ein schlechtes Gewissen, was das Schreiben mit mir angeht. Ich bin geduldig. Und ich weiß ja, dass du dich trotzdem immer zuverlässig meldest. Also mach dir keine Sorgen. Ich bin die letzte Person, die wegen so etwas sauer ist, okay?

Hast du denn viel zu schreiben im Moment? Mh. Stress ist gut und schön. Aber nicht, dass du dann so lange verdrängst, bis du in der Dunkelheit ertrinkst, die dich einholt und überrollt. Ich bin da. Das weißt du hoffentlich.

Immer.

Mir geht es gut soweit. Bis auf die Sache, die mich gerade etwas ... verwirrt zurück lässt. Ein Dozent der Uni hat mir einen Brief geschrieben. Wir hatten schon einmal Kontakt durch meine Brieffreundschaftssuche. Der Austausch zwischen uns war ganz nett und höflich, bis er den Kontakt unbedingt abbrechen wollte, weil er Dozent an unserer Uni ist und ich Studentin bin – aber nicht seine Studentin. Das war jedoch natürlich verständlich und ich habe es auch akzeptiert. Aber jetzt hat er mir nochmal geschrieben und meint, er hätte überreagiert und wir täten ja nichts Verbotenes. Nur frage ich mich ... warum schreibt er mir jetzt? Soll ich weiterhin mit ihm schreiben?

Danke fürs Zuhören. <3

Sophie.

***

20.07.2017 12:22 Uhr

Von: MiaApplepie@mailfree.de
An: wind_in_den_haaren@mailfree.de
Betreff: Heiliger Strohsack!

Damit ich das richtig verstehe - er hat dich nochmals angeschrieben? Hast du ihm denn schon geantwortet?

Wahrscheinlich schon, wenn du meinst "soll ich ihm weiterhin schreiben?" ... Ohje. Ehrlich gesagt bin ich da jetzt dezent überfragt. Denn ich habe ein bisschen Sorge, dass du dich da vielleicht in etwas verrennst? Also ... ich möchte ihm keine bösen Absichten andichten. Hm. Weißt du denn, was er lehrt?

Aber ich würde den Kontakt an deiner Stelle abbrechen.

***

20.07.2017 12:30 Uhr

Von: wind_in_den_haaren@mailfree.de
An: MiaApplepie@mailfree.de
Betreff: So heilig ist der Strohsack gar nicht.

Oh Mann. Wenn du das so schreibst, wirkt das irgendwie ... anders. Befremdlicher, als wäre es wirklich etwas Verbotenes. Aber wir schreiben ja nur ein bisschen. Was soll da schon schief gehen? Ich frage mich nur, was ihn dazu bewogen hat, mir doch nochmal zu schreiben.

Denkst du, ich sollte den Kontakt abbrechen?

Er ist Dozent für Philosophie.

***

20.07.2017 12:41 Uhr

Von: MiaApplepie@mailfree.de
An: wind_in_den_haaren@mailfree.de
Betreff: Oh, Sophie.

Also. Frag ihn, warum er dich wieder kontaktiert hat - sag ihm, er soll ehrlich sein. Er lehrt Philosophie?

Es klingt befremdlich, weil es auch ein bisschen befremdlich ist. Eigentlich wäre es besser, er hätte dir nicht noch einmal geschrieben. Ich habe Sorge, dass er ... denkt, du wärst leicht zu haben. Und das bist du ja nicht, oder?

Wenn ihr über die Uni schreiben würdet, okay. Aber tut ihr das?

***

20.07.2017 12:45 Uhr

Von: wind_in_den_haaren@mailfree.de
An: MiaApplepie@mailfree.de
Betreff: Re: Oh, Sophie.

Nein, ich bin nicht leicht zu haben. Und nein, wir schreiben nicht über die Uni. Generell haben wir noch gar nicht so viel geschrieben, von daher weiß ich nicht, wohin sich das Gespräch entwickelt. Aber es ist meine Sache. Ganz allein meine Sache.

***

20.07.2017 12:50 Uhr

Von: MiaApplepie@mailfree.de
An: wind_in_den_haaren@mailfree.de
Betreff: Re:Re: Oh, Sophie.

Und warum fragst du dann, wenn's eh deine Sache ist?

***

20.07.2017 12:56 Uhr

Von: wind_in_den_haaren@mailfree.de
An: MiaApplepie@mailfree.de
Betreff: Re:Re:Re: Oh, Sophie.

Weil ich dachte, ich erhalte einen qualifizierten Kommentar/Rat von einer Soziologiestudentin. Aber dem ist wohl nicht so.

***

20.07.2017 13:17 Uhr

Von: MiaApplepie@mailfree.de
An: wind_in_den_haaren@mailfree.de
Betreff: Re:Re:Re:Re: Oh, Sophie.

Wow. Sophie. Wow. Du überschreitest gerade massivst meine Grenze.

Melde dich, wenn du von deinem hohen Ross wieder absteigen möchtest. Sorry.

***

Jens IV

***

20.07.2017 15:48 Uhr

Von: wind_in_den_haaren@mailfree.de
An: J_M@myfreemail.com
Betreff: Kuchen

Hallo Jens,

ich dachte mir, ich melde mich nochmals bei dir. Da ich nicht so wirklich weiß, worüber wir sprechen sollen, habe ich ein paar Fragen an dich.

Magst du Kuchen? Wenn ja, welcher ist dein Lieblingskuchen?

Was ist dein Lieblingseis?

Wein oder Bier?

Warum hast du mich wieder angeschrieben?

Was ist deine Lieblingsjahreszeit?

- Sophie.

***

20.07.2017 17:23 Uhr

Von: J_M@myfreemail.com
An: wind_in_den_haaren@mailfree.de
Betreff: Re: Kuchen

Da hat sich aber eine sehr direkte Frage zwischen den trivialen Fragen geschlichen, Sophie.

- Ich mag Kuchen, ja. Am liebsten mag ich Schwarzwälder-Kirschtorte.
- Vanille ist mein Lieblingseis.
- Bier ziehe ich definitiv vor.
- Lieblingsjahreszeit ist der Sommer.

- Ich habe mich wieder an dich gewandt, weil ich den Kontakt zu dir vielleicht ganz interessant finde. Man könnte sich ja auch mal treffen und vielleicht kennenlernen?

***

20.07.2017 17:44 Uhr

Von: wind_in_den_haaren@mailfree.de
An: J_M@myfreemail.com
Betreff: Re:Re: Kuchen

Mh. Eigenartig. Zuerst möchtest du den Kontakt abbrechen, weil wir ... etwas "Verbotenes" tun, wenn wir schreiben. Und jetzt willst du einen größeren Schritt gehen und wir sollen uns treffen? Wo soll das hinführen, Jens?

***

20.07.2017 19:17 Uhr

Von: J_M@myfreemail.com
An: wind_in_den_haaren@mailfree.de
Betreff: Re:Re:Re: Kuchen

Sophie, ganz ruhig. Wir tauschen uns nur aus. Würden wir auch tun, wenn wir zusammen einen Kuchen essen gehen würden.

Hast du Lust?

***

20.07.2017 19:22 Uhr

Von: wind_in_den_haaren@mailfree.de
An: J_M@myfreemail.com
Betreff: Re:Re:Re:Re: Kuchen

Ganz ehrlich? Ich weiß nicht, Jens.

***

20.07.2017 19:40 Uhr

Von: J_M@myfreemail.com
An: wind_in_den_haaren@mailfree.de
Betreff: Re:Re:Re:Re:Re: Kuchen

Es ist nur Kuchen, Sophie. Und vielleicht Kaffee dazu. ;)

Wie wäre es gleich morgen, freitags? Vielleicht am Nachmittag, ab 16:00 Uhr?

***

20.07.2017 20:01 Uhr

Von: wind_in_den_haaren@mailfree.de
An: J_M@myfreemail.com
Betreff: Re:Re:Re:Re:Re:Re: Kuchen

Einverstanden. Wie erkennen wir uns? Und in welches Café gehen wir?

***

20.07.2017 20:12 Uhr

Von: J_M@myfreemail.com
An: wind_in_den_haaren@mailfree.de
Betreff: Re:Re:Re:Re:Re:Re:Re: Kuchen

Wunderbar, das stimmt mich sehr froh! Ich würde sagen, ich überrasche dich einfach mit dem Café. Einverstanden? Warte doch auf dem Uniparkplatz auf mich, ich hole dich ab. Stell dich zu den Rosenbüschen. Dann weiß ich, dass du es bist.

Bis morgen. Ich freue mich sehr!
Jens

***

20.07.2017 20:20 Uhr

Von: wind_in_den_haaren@mailfree.de
An: J_M@myfreemail.com
Betreff: Re:Re:Re:Re:Re:Re:Re:Re: Kuchen

Ich freue mich schon. Bis morgen.
Sophie.

***

Monster

***

21.07.2017

Ich glaube, das Monster, vor dem ich so arge Angst habe,
sitzt in meinem Kopf.
- Liebe Grüße. Monster.

***

Chris

***

21.07.2017

Liebe Sophie,
bist du noch Jungfrau?
Mama sagt ich darf nur eine Jungfrau heiraten.
LG
Chris
Achso und melde dich unter christhecheck@memaimail.de

***

Uta

***

23.07.2017

Liebe Sophie, ich habe diese Nummer hier in *Beetkes Café* entdeckt. Und ich wollte dir sagen, dass jemand unter deinen Namen ein unschönes Bild gemalt hat. Ich weiß wirklich nicht, wer so etwas malt. Als ich noch jünger war, hätte sich niemand getraut, das männliche Geschlechtsorgan an eine Toilettenwand zu pinseln. Unerhört ist das!

Liebe Grüße und Gott sei mit dir.

Uta

***

Asta IV

***

24.07.2017 15:22 Uhr

Von: astabiggirl@freemymail.de
An: sophietestme@mailfree.de
Betreff: Hallo Soffie!

Hallo soffie. Na wie gehts so? mir gehts super. Mit meinem Freund läuft es echt gut! Ich bin Total glücklich mit ihm!

Gerade sind wir bei mir daheim und er duscht jetzt. Wir hatten nämlich ... ach du weißt schon. Hihi. Voll schön war das. :)

Ich hoffe, du hast auch viel spaß. Gehts dir auch so super wie mir?

lg

Asta HDL

***

24.07.2017 16:49 Uhr

Von: sophietestme@mailfree.de
An: astabiggirl@freemymail.de
Betreff: Re: Hallo Soffie!

Liebe Asta,

schön, dass es dir so gut geht. Das freut mich wirklich sehr für dich! :)

Mir geht's auch gut, danke.

Was hast du fürs Wochenende geplant?

- Sophie.

***

24.07.2017 17:04 Uhr

Von: astabiggirl@freemymail.de
An: sophietestme@mailfree.de
Betreff: Re:Re: Hallo Soffie!

Wir gehen heute ins Kino. Das wird bestimmt toll.
Hast du auch einen FReund?

***

24.07.2017 17:33 Uhr

Von: sophietestme@mailfree.de
An: astabiggirl@freemymail.de
Betreff: Re:Re:Re: Hallo Soffie!

Nein. ich habe derzeit keinen Freund. Aber das ist auch in Ordnung. Man muss ja nicht ständig in einer Beziehung sein. ;)

Ich wünsche euch viel Spaß im Kino! Was schaut ihr euch an?

\- Sophie.

***

24.07.2017 17:35 Uhr

Von: astabiggirl@freemymail.de
An: sophietestme@mailfree.de
Betreff: Re:Re:Re:Re: Hallo Soffie!

cool.
danke. :)

***

Jens V

***

25.07.2017 20:41 Uhr

Von: wind_in_den_haaren@mailfree.de
An: J_M@myfreemail.com
Betreff: Adieu

Ich hoffe, du bist gut nach Hause gekommen?
- Sophie

***

25.07.2017 21:48 Uhr

Von: J_M@myfreemail.com
An: wind_in_den_haaren@mailfree.de
Betreff: Re: Adieu

Ja, bin ich. Sorry, dass ich mich erst jetzt melde. Meine Frau hat gefragt, warum ich über Nacht weg war. Ich hab mir gerade etwas aus den Fingern gesaugt.

Du fehlst mir, Sophie. Es waren wunderschöne Stunden mit dir. Ich vermisse deine Fingerspitzen auf meiner Haut und das Gefühl deiner Haut an meiner. Dein Lachen ist wundervoll und wenn du im Moment der vollkommenen Lust bist, siehst du wunderschön aus.

Ich hoffe, wir sehen uns bald wieder.

Denk an meinen letzten Kuss.

Dein Jens.

***

25.07.2017 21:56 Uhr

Von: wind_in_den_haaren@mailfree.de
An: J_M@myfreemail.com
Betreff: Re:Re: Adieu

Oh, Jens. Du machst mich total verlegen mit solchen Nachrichten. Hast du denn keine Angst, dass deine Frau das liest?

Ich vermisse dich um mich herum und deine Haut an meiner ebenso. Du bist ein wahrer Künstler, was ... das angeht. Und ich hoffe, wir sehen uns bald wieder.

- Sophie.

***

25.07.2017 22:13 Uhr

Von: J_M@myfreemail.com
An: wind_in_den_haaren@mailfree.de
Betreff: Re:Re:Re: Adieu

Wie wäre es, wenn du morgen in mein Büro kommst? Sag einfach, du hättest einen Termin bei mir. Ich freue mich schon sehr, dich zu sehen, meine Lustgöttin.

***

25.07.2017 22:23 Uhr

Von: wind_in_den_haaren@mailfree.de
An: J_M@myfreemail.com
Betreff: bis morgen

Ich freue mich auch. Bis morgen!

***

Mia VII

***

26.07.2017 22:55 Uhr

Von: wind_in_den_haaren@mailfree.de
An: MiaApplepie@mailfree.de
Betreff: Lebenszeichen.

Liebe Mia.

Wie geht es dir?

Ich glaube, ich habe Mist gebaut. Es tut mir so leid, wie ich mich verhalten habe. Ich weiß echt nicht, was mich da geritten hat. So kenne ich mich eigentlich gar nicht. Aber ich glaube, es lag daran, weil ich das Gefühl hatte, du willst über mich und mein Leben bestimmen. Und eigentlich wolltest du mir ja nur einen Rat geben - einen Rat, um den ich dich sogar gebeten habe. Verdammt, Mia. Es tut mir leid. Ich hoffe, du kannst mir verzeihen. Du fehlst mir. Sehr.

Und ich weiß nicht, ob ich dir davon erzählen soll. Aber ich muss reden. Und ich ertrage auch deine Antwort. Ich hab es verdient. Aber er ist einfach so wundervoll. Einerseits. Andererseits ist er verheiratet und Vater. Wir haben miteinander geschlafen, Mia. Und ich bin einerseits so glücklich, aber andererseits so verwirrt. Bin ich für ihn nur eine Geliebte? Und warum, verdammt, hüpfe ich so bereitwillig mit ihm ins Bett? Er war nur so unglaublich charmant und ... überzeugend. Irgendwie war ich Feuer und Flamme. Es ist peinlich, wenn ich das so erzähle.

Ja, richte über mich. Ich habe es verdient.

Aber bitte melde dich. Bitte.

- Sophie.

***

26.07.2017 23:42 Uhr

Von: MiaApplepie@mailfree.de
An: wind_in_den_haaren@mailfree.de
Betreff: Re: Lebenszeichen.

Sophie, eigentlich muss ich lernen. Aber ich möchte dir zuerst schreiben, ansonsten geht das wieder unter.

Danke für deine Nachricht und deine offenen Worte. Danke auch für deine Entschuldigung. Ich muss sagen, dass mich das schon ziemlich verletzt hat. Aber jetzt, wo ich deine Erklärung lese, kann ich es auch irgendwie verstehen. Es kam vielleicht ein bisschen so rüber, als wolle ich dir etwas vorschreiben. Bitte entschuldige, dazu habe ich nicht das Recht. Ich habe mir nur Sorgen gemacht und hatte ein bisschen Angst um dich. Ich hoffe, du kannst das verstehen. Du hast mir die letzten Tage ziemlich gefehlt.

Okay. Zu dem zweiten Absatz weiß ich gerade nicht, was ich sagen soll. es macht mich ziemlich sprachlos. Warum ging das so schnell? Und warum hüpfst du mit ihm in das Bett, wenn du weißt, dass er verheiratet ist? Was fasziniert dich an ihm?

Es ist nicht peinlich. Aber bitte - bitte, Sophie. Bitte pass auf dein Herz auf, ja? Schenk es ihm nicht leichtfertig. Ich habe Angst, dass er es zertrampelt.

- Mia.

***

26.07.2017 23:50 Uhr

Von: wind_in_den_haaren@mailfree.de
An: MiaApplepie@mailfree.de
Betreff: Re:Re: Lebenszeichen.

Mia. Oh, ich freue mich sehr, dass du mir wieder schreibst. Ich hatte schon Angst, dass ich dich verloren habe. Das hätte ich nicht verkraftet. So doof das vielleicht klingt, aber du bist mir in der kurzen Zeit schon sehr ans Herz gewachsen.

Also ... danke, dass du meine Entschuldigung angenommen hast. Und auch danke für deine Erklärung. Ich finde, so etwas ist so wichtig, weil man sich dann immer besser versteht und auch weiß, was der andere denkt - und warum der andere so reagiert hat, wie er reagiert hat. Danke, Mia. Danke.

Und es ehrt dich, dass du dir so Sorgen um mich machst. Und irgendwie hast du auch Recht. Zusätzlich habe ich auch einfach so Bedenken, weil er ein Dozent ist. Erstmal das. Und dann auch, weil er verheiratet ist und Kinder hat. Er sagte, er würde sich von ihr sowieso scheiden lassen - aber sagen das nicht alle verheirateten Männer, die eine Geliebte haben? Und ganz ehrlich? Ich will keine Geliebte sein. Ist das doof? Was ist, wenn das meine Bestimmung ist? Immer nur Geliebte, nie Nummer eins. Ich habe Angst, Mia. Ich will nicht alleine bleiben.

Wie geht es denn DIR? Wie waren deine letzten Tage? Du hast mir auch gefehlt. Sehr sogar.

- Sophie.

***

Jens VI

***

27.07.2017 16:35 Uhr

Von: J_M@myfreemail.com
An: wind_in_den_haaren@mailfree.de
Betreff: Deine butterweiche Haut

Oh, Sophie. Ich vermisse dich und deine wunderbar weiche und junge Haut. Wann sehen wir uns wieder?

Dein dich vergötternder Jens.

***

27.07.2017 17:23 Uhr

Von: wind_in_den_haaren@mailfree.de
An: J_M@myfreemail.com
Betreff: Wiedersehen

Jens, bitte schreib so etwas nicht. Das macht mich ganz nervös.

Wie wäre es am Wochenende?

- Sophie.

***

27.07.2017 17:51 Uhr

Von: J_M@myfreemail.com
An: wind_in_den_haaren@mailfree.de
Betreff: Re: Wiedersehen

Ich habe eine bessere Idee. Meine Frau fährt übernächste Woche für zwei Wochen mit unseren Kindern in den Urlaub, weil ich für zwei Wochen als Gastdozent in Berlin bin. Vielleicht hast du Lust und kommst mit? Dann hätten wir zwei Wochen ungestört. Bis auf die Stunden, in denen ich in der Uni bin. Was sagst du?

***

27.07.2017 18:11 Uhr

Von: wind_in_den_haaren@mailfree.de
An: J_M@myfreemail.com
Betreff: Re:Re: Wiedersehen

Das ist eine wundervolle Idee, Jens. Ich würde dich sehr gerne begleiten!

Hättest du die Daten für mich?

In großer Vorfreude,

Sophie.

***

27.07.2017 18:43 Uhr

Von: J_M@myfreemail.com
An: wind_in_den_haaren@mailfree.de
Betreff: Re:Re:Re: Wiedersehen

Sophie, das freut mich wirklich sehr.

Nun, das wäre vom 06.08. bis zum 20.08. Mach dir keine Sorgen um Hotel und Fahrkosten. Das wird alles übernommen. Ich freue mich, dich an meiner Seite zu haben. Dann bin ich beruhigt, denn die Abendplanung ist somit auch erledigt. ;)

Ich freue mich schon auf schöne Stunden mit dir.

***

27.07.2017 18:49 Uhr

Von: wind_in_den_haaren@mailfree.de
An: J_M@myfreemail.com
Betreff: Vorfreude

Lieber Jens, ist notiert. Ich freue mich schon sehr darauf! Endlich ungestört mit dir alleine sein. :)

Sophie.

***

Jonas III

***

22.07.2017 16:48 Uhr

Von: jonasolafson@mymail.de
An: sophietestme@mailfree.de
Betreff: Sorrry

Hallo Sophie,
meine Mama hat meine Mails an dich gelesen und mir Hausarrest aufgebrummt. sie meinte das ich mich bei dir für meine blöden Nachrichten entschuldigen muss. Also tut mir leid ok? Ich hätte vielleicht nicht unbedingt "Bitsch" zu dir sagen dürfen. Sorry!
MFG
Jonas

***

26.07.2017 20:11 Uhr

Von: sophietestme@mailfree.de
An: jonasolafson@mymail.de
Betreff: Re: Sorrry

Danke für die Entschuldigung, ist angenommen. ;)
LG
Sophie

***

26.07.2017 20:22 Uhr

Von: jonasolafson@mymail.de
An: sophietestme@mailfree.de

Betreff: Re:Re: Sorrry

cooll

***

Karin

***

22.07.2017

Hi Sophie. Deine Postfachnummer im Kino ist nur noch sehr schlecht zu lesen. Vielleicht solltest du das mal nachzeichnen.

... Sie ist so wunderschön. Gerade beobachte ich sie beim Schreiben. Ihre Haare fallen ihr ins Gesicht und ich möchte sie ihr einfach nur hinters Ohr streichen und ihr meine Hand an die Wange legen. Sie ist so wunderschön, verdammt. Ich weiß nicht, warum ich dir das schreibe. Aber ich muss es einfach irgendwo loswerden. Und ihr zu sagen, was ich für sie empfinde, das kann ich nicht.

Peace.

Karin

***

Mara

***

23.07.2017

Meine Freundin Karin hat dir ja schon geschrieben, dass man deine Postfachnummer nur noch schlecht lesen kann. Wir sitzen uns gerade gegenüber und jeder schreibt dir. Deine Idee ist echt spitze!

Ich möchte meine Adresse nicht rausgeben und auch mein E-Mail-Adresse nicht. Aber ich fände es schön, wenn du dir das durch liest.

Seit ich 14 bin bin ich in Karin verliebt. Aber ich kann ihr das nicht sagen, weil ich Angst habe, das sie mich dann nicht mehr als Freundin sieht. Ich würde ihr so gern mein Herz öffnen. Und vielleicht mach ich das heute noch. Bitte drück mir die Daumen.

Ich muss mich gerade total beeilen, damit sie hier nichts lesen kann.

Ich erzähle dir auf jeden Fall, wie es ausging.

Mara.

***

Mia VIII

***

27.07.2017 19:17 Uhr

Von: wind_in_den_haaren@mailfree.de
An: MiaApplepie@mailfree.de
Betreff: OMG

Mia bist du da?

***

27.07.2017 19:30 Uhr

Von: MiaApplepie@mailfree.de
An: wind_in_den_haaren@mailfree.de
Betreff: Re: OMG

Ja, bin ich. Was ist passiert? :o

***

27.07.2017 19:46 Uhr

Von: wind_in_den_haaren@mailfree.de
An: MiaApplepie@mailfree.de
Betreff: Re:Re: OMG

Ich weiß, ich nerve dich vermutlich schon damit, aber ich werde mit Jens für zwei Wochen nach Berlin fahren. Und ich bin so aufgeregt und freue mich so. Er möchte Zeit mit mir verbringen. Ist das zu glauben? Ich freue mich schon so sehr, Mia. Oh Gott. Ich bin so verknallt in ihn. Hilfe!

Ist das dumm?

***

27.07.2017 20:12 Uhr

Von: MiaApplepie@mailfree.de
An: wind_in_den_haaren@mailfree.de
Betreff: Re:Re:Re: OMG

Oh. WOW. Ähm. Wow. das haut mich gerade ein bisschen aus den Socken. Ist es denn so gut, wenn du mit jemanden in den Urlaub fährst, den du kaum kennst? Du weißt, ich sage das nur aus Sorge. Kannst du mir denn versprechen, dass du dich zwischendurch mal meldest?

***

27.07.2017 20:21 Uhr

Von: wind_in_den_haaren@mailfree.de
An: MiaApplepie@mailfree.de
Betreff: Re:Re:Re:Re: OMG

Ja, das verspreche ich dir, Mia. Bitte melde dich immer, wenn es dir nicht so gut geht, ja?

Und - danke. <3

***

27.07.2017 20:48 Uhr

Von: MiaApplepie@mailfree.de
An: wind_in_den_haaren@mailfree.de
Betreff: Re:Re:Re:Re:Re: OMG

Ja, das werde ich. Versprochen.

Aber ich warne dich schon mal vor: Ich werde mich wahrscheinlich erst wieder melden können, wenn der 6. um ist, denn vorher habe ich noch einige Berichte zu schreiben.

Und du weißt ja, wie das ist, wenn man einfach so überrannt wird. Ich hoffe, das ist okay? Ich muss jetzt auch erst einmal weiterschreiben.

ABER: Ich wünsche dir schon mal viel Spaß und schöne Stunden. Pass auf dich auf, ja?

Ich drück dich.

- Mia.

***

27.07.2017 20:55 Uhr

Von: wind_in_den_haaren@mailfree.de
An: MiaApplepie@mailfree.de
Betreff: Re:Re:Re:Re:Re:Re: OMG

Oh ja, das kenne ich selbst nur zu gut. Deswegen mach dir keinen Stress. Ich freue mich, wenn du dich meldest, ja? Aber Uni geht vor. Danke für deine lieben Worte. Bis bald, Mia.

Du bist toll. Vergiss das nicht.

- Sophie.

***

Jean

***

24.07.2017

Cher Sophie,
 Je me suis trompé sur son compte.
 Bien à toi.
 Jean.

***

// ich habe mich in ihm geirrt. //

Karin II

***

28.7.2017

Sie hat mir vor fünf Tagen ihre Liebe gestanden, Sophie. Ich bin so glücklich. Wahnsinn.

- Karin.

***

Serafina

***

29.07.2017

Hallo Sophie!

Meine Haustiere sind meine aller besten Freunde. Mama meinte, ich soll dir von ihnen erzählen. Weil Tiere nähmlich toll sind. Der Hund heißt Bello und das Kätzchen ist Nasira.

♥

Liebe Grüße
Serafina.

***

Manni

***

29.07.2017

Dinge, die ich dir empfehlen kann:
- Eine geile Tasse Kaffee
- Lecker Butterbrot
- Gute Musik
- Knisterndes Herbstlaub
- Sonne im Gesicht
- Der Duft vom Meer

Die sind so richtig gut, Mann.
Peace Out, Sophie.
Manni

***

Mara II

***

30.07.2017

Liebe Sophie, hier ist nochmal Mara. Ich weiß nicht, ob du dich noch an mich erinnern kannst. Aber ich wollte dir nur kurz erzählen, wie es mit Karin ausging.

Noch am gleichen Tag habe ich ihr meine Gefühle gestanden - und weißt du was? Sie erwidert sie! Ich wusste gar nicht, was ich sagen soll, weil es mich so umgehauen hat. Ich bin so glücklich, Sophie. Und ich hoffe, das bist du auch.

Mara

***

Mia IX

***

05.08.2017 23:21 Uhr

Von: wind_in_den_haaren@mailfree.de
An: MiaApplepie@mailfree.de
Betreff: Adresse

Mia, ich schicke es dir einfach mal. Weil meine Mama mir das so beigebracht hat.

Wir sind vom 6. bis zum 20. hier:
Hotel Jörnstein
Identalerplatz 72
10644 Berlin
Ich hoffe, es geht dir gut.
Bis bald. <3

***

05.08.2017 23:34 Uhr

Von: MiaApplepie@mailfree.de
An: wind_in_den_haaren@mailfree.de
Betreff: Re: Adresse

Liebe Sophie, das ist eine ausgezeichnete Idee. Ich danke dir!

Bis bald. <3

***

Mia X

***

08.08.2017 11:29 Uhr

Von: wind_in_den_haaren@mailfree.de
An: MiaApplepie@mailfree.de
Betreff: Frage

Liebe Mia,

ich habe eine Bitte. Jens meinte, es wäre besser, wenn meine Postfachnummer nicht überall verteilt ist. Er möchte das am liebsten sofort weg haben. Könntest du das vielleicht in der Uni-Bib übermalen oder so?

Das wäre super.

Wie geht es dir? <3

***

08.08.2017 11:36 Uhr

Von: MiaApplepie@mailfree.de
An: wind_in_den_haaren@mailfree.de
Betreff: Re: Frage

Klar, Liebes. Er möchte das? Oder möchtest du das auch?

Ist das der einzige Ort, an dem du deine Nummer angeschrieben hast?

Mir geht es gut, mach dir keine Sorgen. <3

***

08.08.2017 11:43 Uhr

Von: wind_in_den_haaren@mailfree.de
An: MiaApplepie@mailfree.de

Betreff: Re:Re: Frage

Nein. Ich war auch noch im Kino und in *Beetkes Café*. ;_;
Ich weiß nicht. Einerseits hat es echt Spaß gemacht. Und es war auch eine schöne Erfahrung - und eine interessante. Aber wenn er das möchte? Warum nicht. Hauptsache du bleibst mir erhalten. <3

***

08.08.2017 11:52 Uhr

Von: MiaApplepie@mailfree.de
An: wind_in_den_haaren@mailfree.de
Betreff: Re:Re:Re: Frage

Kein Problem. Ich mach das gleich, ja?
Wenn du es selbst auch lieber „gelöscht" haben möchtest, dann ist das ja okay. Aber du solltest es nicht machen, weil er es möchte. okay?

***

08.08.2017 11:54 Uhr

Von: wind_in_den_haaren@mailfree.de
An: MiaApplepie@mailfree.de
Betreff: DANKE.

Danke dir vielmals. Du hast echt was gut bei mir.
Ja. Ich danke dir. <3

***

08.08.2017 11:56 Uhr

Von: MiaApplepie@mailfree.de
An: wind_in_den_haaren@mailfree.de

Betreff: Re: DANKE

Kein Ding. <3

***

08.08.2017 21:59 Uhr

Von: MiaApplepie@mailfree.de
An: wind_in_den_haaren@mailfree.de
Betreff: Re:Re: DANKE

Liebe Sophie, ich hab's erledigt. <3

***

08.08.2017 22:13 Uhr

Von: wind_in_den_haaren@mailfree.de
An: MiaApplepie@mailfree.de
Betreff: Re:Re:Re: DANKE

Mia, ich kann dir gar nicht sagen, wie dankbar ich dir bin. Wow. DANKE.

Ich kann gerade nicht viel schreiben, Jens ist duschen. Er möchte nicht, dass ich viel schreibe und ich soll das Handy weglegen.

Deswegen kann ich nicht sagen, wann ich mich wieder melden kann. Es tut mir leid.

Ich drück dich. <3

Gute Nacht.

***

08.08.2017 22:28 Uhr

Von: MiaApplepie@mailfree.de
An: wind_in_den_haaren@mailfree.de

Betreff: Re:Re:Re:Re: DANKE

Wow. Irgendwie ... finde ich das alles andere als gut. :s
Gute Nacht, Sophie. <3

***

René

***

06.08.2017

Ich wünschte, ich hätte den Mut, um mich zu outen, Sophie. Ich liebe ihn. Er ist mein bester Freund und ich liebe ihn. Meine Eltern wissen Bescheid und stehen hinter mir. Und ich kann dir gar nicht sagen, wie viel es mir bedeutet. Aber ich wünschte, ich hätte den Mut und könnte ihm sagen, was ich für ihn empfinde.

Ich wünsche dir jemanden, der dich auch liebt und der dir die Kraft gibt, die dunklen Tage in deinem Leben durchzustehen.

Bleib stark, Sophie.

- René.

***

11.08.2017

***

11.08.2017 11:29 Uhr

Von: MiaApplepie@mailfree.de
An: wind_in_den_haaren@mailfree.de
Betreff: schwarz.

Oh, Sophie. Sie hat mich wieder. Die Dunkelheit. Und ich weiß nicht, was ich machen soll. Ich komme nicht aus dem Bett. Und ich weine wegen jeder Kleinigkeit. Es ist gerade alles so sinnlos. Und es ist so anstrengend, weil niemand merken darf, wie es mir geht. Ich muss eine Maske aufsetzen, damit es niemand merkt. Raik weiß, was damals passiert ist. Aber er ist im Glauben, dass es mich nicht mehr beschäftigt. Aber die Gedanken, Sophie. Die Gedanken.

Ich habe Angst vor mir, Sophie. Und Angst vor meinen Gedanken.

Du fehlst mir. Schon jetzt. Verdammt, ich bin eine Klette.

***

13.08.2017

***

13.08.2017 10:07 Uhr

Von: wind_in_den_haaren@mailfree.de
An: MiaApplepie@mailfree.de
Betreff: Re: schwarz.

Mia, ich habe gerade gesehen, dass du mir geschrieben hast. Es tut mir so leid, ich kann gerade nichts dazu sagen. F*ck. Denn ich brauche deine Hilfe. Jens hat vor einigen Tagen gesagt, dass er sich von seiner Frau scheiden lässt und, dass er es ihr bald sagt. Aber er hat es ihr immer noch nicht gesagt. Und mir reicht es einfach. Ich muss hier weg. Es war ein Fehler, mit ihm nach Berlin zu fahren.

***

13.08.2017 10:20 Uhr

Von: MiaApplepie@mailfree.de
An: wind_in_den_haaren@mailfree.de
Betreff: Ich trinke Tee und du bist in Berlin.

Sophie, dann steig in den nächsten Zug/Flieger und komm nach Hamburg zurück. Ich glaube, es ist das Beste, das du in dieser Situation machen kannst.

***

13.08.2017 10:28 Uhr

Von: wind_in_den_haaren@mailfree.de
An: MiaApplepie@mailfree.de
Betreff: Re: Ich trinke Tee und du bist in Berlin.

Ich kann erst heute am späten Nachmittag los. Er ist den ganzen Tag da. Erst ab 17 Uhr ist er weg. In der Zeit könnte ich weg. Und um 19:05 Uhr geht ein Zug nach Hamburg. Den werde ich nehmen. Aber ich habe Angst, so spät allein unterwegs zu sein. Ich bin ein Angsthase. :D

***

13.08.2017 10:34 Uhr

Von: MiaApplepie@mailfree.de
An: wind_in_den_haaren@mailfree.de
Betreff: Re:Re: Ich trinke Tee und du bist in Berlin.

Ich weiß, das ist jetzt total spontan. Aber: Soll ich dich abholen?

***

13.08.2017 10:36 Uhr

Von: wind_in_den_haaren@mailfree.de
An: MiaApplepie@mailfree.de
Betreff: Re:Re:Re: Ich trinke Tee und du bist in Berlin.

Das würdest du wirklich machen? Oh Mia. ;_;

***

13.08.2017 10:39 Uhr

Von: MiaApplepie@mailfree.de
An: wind_in_den_haaren@mailfree.de
Betreff: Re:Re:Re:Re: Ich trinke Tee und du bist in Berlin.

Natürlich. Also, wann kommst du an?

***

13.08.2017 10:55 Uhr

Von: wind_in_den_haaren@mailfree.de
An: MiaApplepie@mailfree.de
Betreff: Re:Re:Re:Re:Re: Ich trinke Tee und du bist in Berlin.

So ungefähr um 21:38, Gleis 5 (Altona)

DANKE. Du bist ein Schatz. Nimm dein Schlafzeug mit, ich kann dich dann nicht mehr so spät nach Hause fahren lassen. Ja? Und dann sprechen wir in Ruhe über die Dunkelheit in deinem Kopf. Wenn du möchtest.

<3

***

13.08.2017 11:14 Uhr

Von: MiaApplepie@mailfree.de
An: wind_in_den_haaren@mailfree.de
Betreff: :D

Geht klar, Sophie. <3

Wir schreiben später?

***

13.08.2017 11:21 Uhr

Von: wind_in_den_haaren@mailfree.de
An: MiaApplepie@mailfree.de
Betreff: Re: :D

Ich kann dir gar nicht sagen, wie dankbar ich bin. DANKE. Bis später. <3

***

13.08.2017 21:13 Uhr

Von: MiaApplepie@mailfree.de
An: wind_in_den_haaren@mailfree.de
Betreff: Gleis 5

Ich steh jetzt an Gleis 5, mittig. Mal sehen, ob ich dich gleich erkenne. :D

***

13.08.2017 21:41 Uhr

Von: MiaApplepie@mailfree.de
An: wind_in_den_haaren@mailfree.de
Betreff: Gleis 5

Dein Zug fährt gerade ein. Ich bin gerade sehr aufgeregt. Verdammt. Jetzt steigen die Leute aus. Ich pack mal das Handy weg und halte nach dir Ausschau. Bis gleich. <3

***

14.08.2017

***

14.08.2017 20:21 Uhr

Von: MiaApplepie@mailfree.de
An: wind_in_den_haaren@mailfree.de
Betreff: zu hause.

Liebe Sophie, ich bin jetzt zu Hause. Danke für die Nacht. So viel gesprochen habe ich schon lang nicht mehr. Du bist toll. Ich bin froh, dass ich dich kennengelernt habe. Und ich hätte nie gedacht, dass ich jemandem so schnell Vertrauen entgegenbringen kann. Aber bei dir fällt mir das so leicht. Du gibst einem das Gefühl, wichtig zu sein, so, wie man ist. Ich hoffe, du behältst ... mein Ereignis für dich. Danke fürs Zuhören. Danke fürs Dasein.

Und danke für den Tee. Den trinke ich auch gerade wieder. :D

Vielleicht können wir uns bald mal wieder sehen? Ich würde mich freuen. <3

Gute Nacht. :)

***

14.08.2017 21:12 Uhr

Von: wind_in_den_haaren@mailfree.de
An: MiaApplepie@mailfree.de
Betreff: Re: zu hause.

Mia, ich fand es auch echt schön mit dir. Das Reden hat gutgetan. Und du hast Recht was Jens angeht. Ich werde ihn blockieren. Allerdings möchte ich meine Postfachnummer wirklich nicht mehr neu verteilen. Ich denke, ich fahre ganz gut damit, "nur" noch mit dir zu schreiben. Du bist mir in den letzten Wochen echt richtig ans Herz gewachsen. Danke, dass ich dich habe. Ich habe Jens jetzt blockiert, E-Mail, Handy, alles. Mein Herz schmerzt, weil ich so dumm war und mir Gefühle für ihn eingeredet habe. Ich bin so dumm, ehrlich.

Du bist verdammt stark, dass du das Erlebnis mit deinem Onkel so verarbeitet hast. Wobei ich ja immer noch dafür bin, dass du dir vielleicht professionelle Hilfe suchst, als Unterstützung. Und vor allem solltest du zur Polizei gehen. Auch wenn du damals noch ein Kind warst und es lange her ist – vielleicht können sie ihn trotzdem hinter Gitter bringen. Ich würde es dir so wünschen. Aber besonders wichtig wäre eine Therapie. Ich denke, das könnte dir so sehr helfen. Denn die Dunkelheit sucht dich ja immer wieder heim. Und deine Gedanken sind böse, Mia. Die Gedanken, die du mit mir geteilt hast, machen selbst mir Angst. Und ich lebe jetzt in ständiger Sorge um dich. Du bist viel zu wertvoll, als dass du so leidest. Bitte denk daran. Und ich bin immer da, ja?

Und klar können wir uns wiedersehen. Wie wäre es mit dem 16.? Ich würde mich freuen. Dann bei *Beetkes Café*? :D

Ich muss jetzt schlafen. Deswegen sage ich "Gute Nacht".

Gute Nacht. <3

Bis bald und entspannte Tage bis dahin.

Und danke nochmal. :-*

***

14.08.2017 21:33 Uhr

Von: MiaApplepie@mailfree.de
An: wind_in_den_haaren@mailfree.de
Betreff: Re:Re: zu hause.

Danke für deine Worte. <3 Du weißt ja, wie viel es mir bedeutet. Ehrlich. Danke.

Und ja, der 16. ist perfekt. Ich freue mich auf dich. Bis dahin wünsche ich dir noch schöne Tage, ja?

Gute Nacht. :-*

***

16.08.2017

***

16.08.2017 15:07 Uhr

Von: MiaApplepie@mailfree.de
An: wind_in_den_haaren@mailfree.de
Betreff: Es ist warm.

Sophiiiie. Ich stehe vor *Beetkes Café*, wo bist du? :D

***

16.08.2017 15:09 Uhr

Von: wind_in_den_haaren@mailfree.de
An: MiaApplepie@mailfree.de
Betreff: Re: Es ist warm.

Mia, sorry. Ich bin gleich da. Ich sehe dich schon. :D

***

16.08.2017 15:10 Uhr

Von: MiaApplepie@mailfree.de
An: wind_in_den_haaren@mailfree.de
Betreff: Re:Re: Es ist warm.

Ich sehe dich. Bis gleich. :D

***

16.08.2017 15:10 Uhr

Von: wind_in_den_haaren@mailfree.de

An: MiaApplepie@mailfree.de
Betreff: Re:Re:Re: Es ist warm.

Bis gleich. <3

***

16.08.2017 19:56 Uhr

Von: MiaApplepie@mailfree.de
An: wind_in_den_haaren@mailfree.de
Betreff: daheiiim

Ich bin zu Hause, Sophie. Ich hoffe, du auch. Danke für den Tee. Gott. Ich könnte mich nur noch von Tee ernähren. :D

Bis bald, ja?

***

16.08.2017 20:11 Uhr

Von: wind_in_den_haaren@mailfree.de
An: MiaApplepie@mailfree.de
Betreff: Re: daheiiim

Ich bin auch zu Hause. Gerne. Ich weiß ja, wie sehr du Tee liebst. Ich habe jetzt auch angefangen, Tee zu trinken. Im Sommer! Oh Hilfe. :D

Bis ganz bald!

Und bitte lass die Gedanken nicht gewinnen, ja?

<3

***

18.08.2017

***

18.08.2017 23:37 Uhr

Von: MiaApplepie@mailfree.de
An: wind_in_den_haaren@mailfree.de
Betreff: .

Sophie, ich weiß langsam nicht mehr, was ich machen soll. Die Erinnerung mit Falk (mein Onkel) bleibt mir immer wieder im Gedächtnis hängen. Gerade wenn es spät ist und es dunkel ist und ich mit meinen Gedanken alleine bin. Die Leute in der Uni reden nicht mit mir. Ich fühle mich so verdammt allein. Und Raik merkt von alledem nichts. Nichts, Sophie. Ich schaffe das nicht mehr. Es ist mir alles zu viel. Und ich frage mich einfach nur noch, wozu das alles. Es wird doch eh nicht besser. Es wird nie besser. Ich kann einfach nicht mehr.

***

19.08.2017

***

19.08.2017 11:21 Uhr

Von: wind_in_den_haaren@mailfree.de
An: MiaApplepie@mailfree.de
Betreff: Re: .

Mia, oh nein. oh nein. bitte nicht. Bitte rede dir das nicht ein. Du bist so ein verdammt wundervoller Mensch. Du bist so viel mehr wert als diese ganzen Idioten um dich herum. Ich bin der Meinung, dass du Raik definitiv sagen solltest, wie es in dir aussieht. Wirklich. Ich mache mir so große Sorgen um dich. Ich bin gerade auf dem Weg zur Uni und ich hoffe, du meldest dich. Ich mache mir Sorgen, verdammt.

Aber bitte, bitte tu dir nichts an. Wir schaffen das zusammen. okay? Du bist nicht alleine. Du hast mich. Du hast Raik. Du bist nicht allein. Wir wären nichts ohne dich.

Bitte bleib.

Melde dich. Bitte. Bitte.

***

19.08.2017 16:58 Uhr

Von: MiaApplepie@mailfree.de
An: wind_in_den_haaren@mailfree.de
Betreff: Re:Re: .

Sophie. ich danke dir für deine Worte. Es wäre eine Lüge, zu sagen, dass es mir wieder besser geht. Ich brauche gerade Zeit für mich und ich muss mir über einiges klar werden.

Ich weiß nur, dass es für mich einfach kein Licht am Ende des Tunnels gibt. Gab es nie. Wird es nie. Ich hab das nicht verdient.

Danke, dass du so für mich da bist. Du bist toll. Wirklich.

Ich melde mich, wenn ich ein bisschen mehr Kraft habe, ja?

Danke. <3

***

19.08.2017 17:04 Uhr

Von: wind_in_den_haaren@mailfree.de
An: MiaApplepie@mailfree.de
Betreff: Re:Re:Re: .

Klar, bitte melde dich, wenn dir danach ist. Ich bin da. <3

***

22.08.2017

***

22.08.2017 18:22 Uhr

Von: MiaApplepie@mailfree.de
An: wind_in_den_haaren@mailfree.de
Betreff: Exmatrikulation

Ich wurde zwangsexmatrikuliert. Weil ich die Beiträge nicht gezahlt hab. Raik meint, ich soll mich an das Studierendensekretariat wenden. Aber ich kann das nicht. Ich habe einfach keine Kraft mehr, Sophie. Ich bekomme das nicht hin.

Ich hab mich mit Raik gestritten, weil er nicht versteht, warum ich das nicht kann. Aber mein Hirn ist einfach wie auf einer Wolke. Und ich hab keine Kraft mehr. Blablabla, ich erzähle immer nur den gleichen Rotz.

Jetzt hab ich nicht mal mehr das Studium. Yay. Hach ja. :D

Wie geht es dir?

***

22.08.2017 19:08 Uhr

Von: wind_in_den_haaren@mailfree.de
An: MiaApplepie@mailfree.de
Betreff: Re: Exmatrikulation

WAS? Scheiße, Mia. WAS? Oh nein. Bitte geh zu diesem Sekretariat. Bitte. Du kannst doch nicht das Studium schmeißen. ;_; Es hat dir doch so Spaß gemacht. :(

***

22.08.2017 19:42 Uhr

Von: MiaApplepie@mailfree.de
An: wind_in_den_haaren@mailfree.de
Betreff: Re:Re: Exmatrikulation

Ich wusste, dass du das nicht verstehst. Lol.

***

22.08.2017 19:46 Uhr

Von: wind_in_den_haaren@mailfree.de
An: MiaApplepie@mailfree.de
Betreff: Re:Re:Re: Exmatrikulation

Was soll ich verstehen? Willst du das denn? Willst du das Studium abbrechen?

***

22.08.2017 20:16 Uhr

Von: MiaApplepie@mailfree.de
An: wind_in_den_haaren@mailfree.de
Betreff: Re:Re:Re:Re: Exmatrikulation

Klar, es hat echt Spaß gemacht, aber es ist so kraftraubend. Es war einfach viel zu viel für mich. Tut mir leid, dass ich dich enttäusche.

***

22.08.2017 20:29 Uhr

Von: wind_in_den_haaren@mailfree.de
An: MiaApplepie@mailfree.de
Betreff: Re:Re:Re:Re:Re: Exmatrikulation

Es geht nicht darum, ob du mich enttäuschst. Es geht ganz allein um dich. Und wenn das für dich in Ordnung ist, warum nicht?

***

26.08.2017

***

26.08.2017 14:33 Uhr

Von: wind_in_den_haaren@mailfree.de
An: MiaApplepie@mailfree.de
Betreff: Mia?

Mia, wie geht es dir? Bitte melde dich, ja?

***

26.08.2017 14:56 Uhr

Von: MiaApplepie@mailfree.de
An: wind_in_den_haaren@mailfree.de
Betreff: Re: Mia?

Sophie, sorry. Ich war am Dienstag dann noch feiern und hab die ganzen letzten Tage gebraucht um mich auszunüchtern. Ich hab mich mit Raik ausgesprochen. Und er meint, wenn ich ein Jahr Pause brauche, dann soll ich es mir nehmen.

Und es geht mir schon viel besser, Sophie. Es tut gut, mit Raik offen zu sprechen. Er ist ein wundervoller Mensch. Ihr würdet euch auf jeden Fall verstehen.

Ich hoffe, es geht dir gut.

Wollen wir uns mal wieder sehen? Ich würde mich freuen.

<3

***

26.08.2017 15:31 Uhr

Von: wind_in_den_haaren@mailfree.de

An: MiaApplepie@mailfree.de
Betreff: Re:Re: Mia?

Ich freue mich, dass du ehrlich zu Raik warst und mit ihm gesprochen hast. Und wenn es das ist, was dir gerade gut tut - warum nicht? Es freut mich, dass es dir ein bisschen besser geht.

Und ja, wir können uns sehr gerne sehen. Ich würde mich freuen!

Hast du einen Vorschlag?

***

26.08.2017 15:48 Uhr

Von: MiaApplepie@mailfree.de
An: wind_in_den_haaren@mailfree.de
Betreff: treffen

Wie wäre es mit morgen?

***

26.08.2017 15:56 Uhr

Von: wind_in_den_haaren@mailfree.de
An: MiaApplepie@mailfree.de
Betreff: Re: treffen

Morgen ist ein bisschen schlecht. Vielleicht am Dienstag, 15 Uhr? :3 Und dann wieder in *Beetkes Café*? *_*

Lustig, dass wir da immer Tee trinken. :D

***

26.08.2017 16:03 Uhr

Von: MiaApplepie@mailfree.de

An: wind_in_den_haaren@mailfree.de
Betreff: Re:Re: treffen

Dienstag passt. Ich freue mich. <3

***

26.08.2017 16:11 Uhr

Von: wind_in_den_haaren@mailfree.de
An: MiaApplepie@mailfree.de
Betreff: Re:Re:Re: treffen

Ich mich auch. Bis dann. <3

***

29.08.2017

***

29.08.2017 14:55 Uhr

Von: wind_in_den_haaren@mailfree.de
An: MiaApplepie@mailfree.de
Betreff: Verspätung

Liebe Mia, ich verspäte mich um zehn Minuten. Geh schon mal rein, ja? Dann musst du bei dem Regen heute nicht im Kalten warten.

***

29.08.2017 15:00 Uhr

Von: MiaApplepie@mailfree.de
An: wind_in_den_haaren@mailfree.de
Betreff: Re: Verspätung

Alles klar. ich sitze an unserem Stammtisch. :D
Bis gleich. Ich freue mich schon auf dich. :3

***

29.08.2017 19:33Uhr

Von: wind_in_den_haaren@mailfree.de
An: MiaApplepie@mailfree.de
Betreff: daheim

Mia, ich bin daheim. Ich hoffe du auch. Und bitte mach dir nicht mehr so einen Kopf um die Idioten vom Nachbartisch. Sie kennen uns nicht. Sie kennen dich nicht. Und sie wissen nicht, wie wundervoll du bist. Okay? Sie hätten das alles nicht sagen dürfen. Und mich kotzt es an, dass sie nicht mal aufgehört haben, als ich sie darum gebeten habe. Du hast das alles nicht verdient.

Du bist nicht hässlich, okay? Du bist nichts von dem, was die Idioten gesagt haben. <3

***

29.08.2017 22:00 Uhr

Von: MiaApplepie@mailfree.de
An: wind_in_den_haaren@mailfree.de
Betreff: Re: daheim

ach sophei. du bistd immer so lieb zu mir. aber trtzdem is der wein meinb esta freund. weißtdu. er betäubt nämlich meine gedanken für ne weilr. dasssssittoll. musst du auchmalprobieren. die typen waren echt gemein. und mir hat edas echt weghetan. aber naja. solche leude kmmrn süch nichs o um die geadnken von den anderen. ich bin halt hässlich. ich werde niejemandn kriegn. niejamdn wird misch lieben. niemant sofi.

ich bin müde deswegn schlaf ich jetz gute ancht sofie. <3

***

29.08.2017 22:09Uhr

Von: wind_in_den_haaren@mailfree.de
An: MiaApplepie@mailfree.de
Betreff: Re:Re: daheim

DAS STIMMT NICHT. Du wirst jemanden finden, Mia. Du bist verdammt toll. Du hast es so sehr verdient.

Schlaf gut Liebes. <3 :(

***

29.08.2017 23:45 Uhr

Von: MiaApplepie@mailfree.de
An: wind_in_den_haaren@mailfree.de
Betreff: Re:Re:Re: daheim

bringthalt nix, wennbns keien gibt. ichbineinfach nru ne blastung für jedn. ohhhne witz.

***

29.08.2017 23:56 Uhr

Von: wind_in_den_haaren@mailfree.de
An: MiaApplepie@mailfree.de
Betreff: nein.

NEIN BIST DU NICHT, verdammt. Du bist keine Belastung. DU doch nicht. Du wundervollste Mia der Welt. Du weißt gar nicht, wie wichtig du mir bist. Und wie wichtig du Raik bist, Mia. <3

***

02.09.2017

***

02.09.2017 11:54 Uhr

Von: MiaApplepie@mailfree.de
An: wind_in_den_haaren@mailfree.de
Betreff: sorry

Sophie, sorry.

1. dass ich schon wieder so viel getrunken habe und dir kryptische Nachrichten schrieb.
2. dass ich so schlecht über mich geredet habe.
3. dass ich mich erst jetzt wieder melde.

Bitte sei nicht böse. Es tut mir wirklich leid. Aber ich habe echt das Gefühl, ich bin für jeden eine Belastung. Ich habe einfach das Gefühl, es gibt keinen Weg, um mein Leben irgendwie besser zu gestalten. Ich bin für jeden nur eine Belastung, bin eine Klette. Aber natürlich bedeutet es mir auch verdammt viel, wenn du sagst, ich bin es nicht. Wirklich. Ich würde es dir so gerne glauben, aber mein Kopf sagt einfach etwas anderes.

Mh. Themawechsel. Ich habe so viele Bücher, die ich überhaupt nicht lese. Ich hab mir gedacht, dass ich sie dir schenke? Hättest du Bock drauf?

***

02.09.2017 15:17 Uhr

Von: MiaApplepie@mailfree.de
An: wind_in_den_haaren@mailfree.de
Betreff: sorry

Vermutlich habe ich was Falsches gesagt. Oder du hast einfach die Schnauze voll von mir. Es tut mir leid. Ich bin

auch permanent nur am Jammern.
Gott. Ich komme im Moment einfach kaum noch aus dem Bett.
Bitte erzähl mir, wie es dir geht, ja?

***

02.09.2017 22:32 Uhr

Von: MiaApplepie@mailfree.de
An: wind_in_den_haaren@mailfree.de
Betreff: sorry

Oh mannnnnnn. Scheinbar hab ich es richtig verbockt.
Aber kein Wunder. wir reden ja nur über mich.
Wie geht es dir, Sophie?
Bitte melde dich. Bitte.

***

04.09.2017

***

04.09.2017 17:44 Uhr

Von: wind_in_den_haaren@mailfree.de
An: MiaApplepie@mailfree.de
Betreff: Re: sorry

Mia, sorry. Ich hatte unerwarteterweise Besuch von meinen Eltern. Ich habe ihnen Hamburg gezeigt und war abends fix und fertig und bin nur todmüde ins Bett gefallen.

Es hatte also nichts mit dir zu tun.

Mir geht es gut. Wie geht es dir? Du fehlst mir. Küsschen. <3

***

04.09.2017 21:36 Uhr

Von: MiaApplepie@mailfree.de
An: wind_in_den_haaren@mailfree.de
Betreff: Re:Re: sorry

Ich bin froh, dass du dich meldest, Sophie. Ich freue mich sehr. Ich fahre morgen für zwei Wochen mit Raik in den Urlaub. Nur wir beide. Mein Bruder und ich. Ein Geschwisterurlaub – und ich freue mich schon so. Ich werde in den zwei Wochen keine Mails beantworten, weil ich einfach ein bisschen abschalten muss. Ich hoffe, du verstehst das. Wir müssen morgen früh raus. deswegen sage ich jetzt schon mal GUTE NACHT.

Bis bald. ♥

***

04.09.2017 21:48 Uhr

Von: wind_in_den_haaren@mailfree.de
An: MiaApplepie@mailfree.de
Betreff: Re:Re:Re: sorry

Aw, Mia, das freut mich sehr. Dann genieß deinen Urlaub. Lass' es dir gut gehen, ja?

Und passt auf euch auf.

Bis bald, meine Liebe. <3

***

14.09.2017

***

An: Sophie Niedernstädter
Postfach: 950 643

Liebe Sophie, wir sitzen gerade am Strand und ich schreibe diese Karte, während uns das Meer mit seinem Duft berauscht und mit seinem Klang zum Schwingen bringt. Ich liebe das Meer einfach so sehr. Du fehlst mir. Fühl dich ganz fest gedrückt.
Mia ♥

***

20.09.2017

***

20.09.2017 17:32 Uhr

Von: MiaApplepie@mailfree.de
An: wind_in_den_haaren@mailfree.de
Betreff: homeeeee.

SOPHIE. Ich bin wieder da. :D

Hast du bald mal Zeit, damit wir ein bisschen schnacken können? Ich würde gerne hören, wie es dir in den letzten Wochen so erging?

Wie wäre es am 23.? Gleiche Zeit, gleicher Ort?

<3

***

20.09.2017 18:56 Uhr

Von: wind_in_den_haaren@mailfree.de
An: MiaApplepie@mailfree.de
Betreff: Re: homeeeee.

JAAAAA. Meine Mia ist wieder da. :D Ich freue mich. <3

Klar hab ich Zeit. Ich brenne schon darauf, zu erfahren, wie es im Urlaub war. <3

Dann sehen wir uns am 23.?

<3

***

20.09.2017 19:33 Uhr

Von: MiaApplepie@mailfree.de
An: wind_in_den_haaren@mailfree.de

Betreff: Re:Re: homeeeee.

Oh ja, wir sehen uns am 23. ich freue mich schon!

***

20.09.2017 19:44 Uhr

Von: wind_in_den_haaren@mailfree.de
An: MiaApplepie@mailfree.de
Betreff: Re:Re:Re: homeeeee.

Ich mich auch. ♥

***

21.09.2017

***

21.09.2017 22:13 Uhr

Von: MiaApplepie@mailfree.de
An: wind_in_den_haaren@mailfree.de
Betreff: .

Manchmal frage ich mich echt, wofür ich eigentlich noch da bin. Es wäre definitiv einfacher und besser für jeden, der mich kennt, wenn ich nicht mehr da wäre.

***

22.09.2017

***

22.09.2017 09:07 Uhr

Von: wind_in_den_haaren@mailfree.de
An: MiaApplepie@mailfree.de
Betreff: Re:.

Oh Mia. entschuldige. Ich habe schon geschlafen, deswegen lese ich auch erst jetzt deine Mail. Magst du dir denn vielleicht doch einen sarchastic-Account einrichten? Das bekomme ich auf dem Handy immer mit. Dann könnte ich dir vielleicht zügiger antworten. Ich wäre gerne besser für dich da.

Und das, was du sagst ... das stimmt nicht. Überhaupt nicht. ;_; Du bist so ein verdammt wichtiger Mensch für mich. Ohne dich wäre mein Leben nicht so schön, wie es jetzt ist. Du bist so toll, Mia. Bist du wirklich. Bitte sag so etwas nicht. Ich kann dir nämlich gar nicht sagen, wie wichtig du mir bist.

<3 Ich freue mich schon auf morgen. <3

***

22.09.2017 12:34 Uhr

Von: MiaApplepie@mailfree.de
An: wind_in_den_haaren@mailfree.de
Betreff: Re:Re:.

Ach, Sophie. Ist doch nicht schlimm. Nachts sind die Gedanken einfach viel zu laut. Und dann muss es raus. Ich fühl mich schrecklich, weil ich das ständig auf dir ablade. Wegen sarchastic, das überlege ich mir noch, ja?

Wie geht es dir? ;_; <3

***

22.09.2017 12:53 Uhr

Von: wind_in_den_haaren@mailfree.de
An: MiaApplepie@mailfree.de
Betreff: Re:Re:Re:.

Ich bin da, immer. Das weißt du.

Mir geht es gut. Ich mache mir nur Sorgen um dich, Mia. ;_; <3

***

22.09.2017 13:41 Uhr

Von: MiaApplepie@mailfree.de
An: wind_in_den_haaren@mailfree.de
Betreff: frage

Mach dir keine Sorgen. Ich habe das im Griff. Mir geht es gut, nur abends ist es nicht so toll. Glaub mir, ja? <3

Darf ich dich mal was fragen?

***

22.09.2017 14:14 Uhr

Von: wind_in_den_haaren@mailfree.de
An: MiaApplepie@mailfree.de
Betreff: Re: frage

Na gut. Aber wenn was ist, ich bin da, ja?

Klar darfst du fragen, Mia.

***

22.09.2017 14:23 Uhr

Von: MiaApplepie@mailfree.de
An: wind_in_den_haaren@mailfree.de
Betreff: Re:Re: frage

Danke. <3 Das gleiche gilt für dich, ja?

Wenn du so Angst vor Menschen hast ... warum studierst du Psychologie? Und warum hast du dann das Briefprojekt angefangen?

***

22.09.2017 14:37 Uhr

Von: wind_in_den_haaren@mailfree.de
An: MiaApplepie@mailfree.de
Betreff: Re:Re:Re: frage

Ja, Liebes. Danke. <3

Ich studiere Psychologie, weil ich die Hoffnung habe, die Menschen besser einschätzen zu können. Und ihnen helfen zu können. Und mir helfen zu können. Menschen machen mir Angst, ja. Weil sie unberechenbar sind. Weil ich nicht in deren Köpfen sein kann und nicht weiß, was sie denken und vielleicht tun wollen.

Ich möchte Menschen verstehen. Ich möchte mir selbst die Angst nehmen. Und aus diesem Grund habe ich das Projekt gestartet. Ich möchte mir die Angst nehmen. Und ich habe gelernt, dass man die Angst am besten damit besiegt, wenn man ihr mit kleinen Schritten entgegengeht.

***

22.09.2017 14:46 Uhr

Von: MiaApplepie@mailfree.de
An: wind_in_den_haaren@mailfree.de

Betreff: Re:Re:Re:Re: frage

Danke für deine Antwort, Sophie.

Ja. Du hast Recht. Ich kann mir gut vorstellen, dass man durch das Studium und den späteren Beruf Menschen besser einschätzen kann. Und ihnen helfen kann. Und es scheint dir ja auch wunderbar zu helfen. Zumindest, soweit wie ich das einschätzen kann.

Du bist mutig, dass du dich deiner Angst stellst. Das finde ich echt bewundernswert.

Danke für dein Vertrauen.

Ich muss jetzt noch einiges machen. deswegen bin ich jetzt erstmal weg vom Laptop. Bis bald. <3

***

22.09.2017 14:57 Uhr

Von: wind_in_den_haaren@mailfree.de
An: MiaApplepie@mailfree.de
Betreff: Re:Re:Re:Re:Re: frage

Danke für dein Vertrauen, Mia. <3

Bis bald. Pass auf dich auf. :-*

***

24.09.2017

***

24.09.2017 12:34 Uhr

Von: MiaApplepie@mailfree.de
An: wind_in_den_haaren@mailfree.de
Betreff: zu hause.

Sophie. du bist die beste Freundin, die man sich wünschen kann. Danke, dass du da bist.

Ich bin jetzt zu Hause und mache, wie du vorgeschlagen hast, einen kleinen Beautytag.

Schön war es – und toll, dass wir beide so spontan sind und das Treffen verlängert haben. :D <3

Bis bald. Und ich hoffe, dich hat die extralange Umarmung nicht gestört.

Ich hab dich lieb. ♥

***

24.09.2017 12:47 Uhr

Von: wind_in_den_haaren@mailfree.de
An: MiaApplepie@mailfree.de
Betreff: Re: zu hause.

Ich bin froh, dass du gut Daheim angekommen bist. Und danke dir fürs Bescheid sagen. <3

Und die lange Umarmung hat mich nicht gestört. Ich hab dich so in mein Herz geschlossen, dass ich dich einfach festhalten möchte, weil ich das Gefühl habe, dass du sonst auseinanderbrichst.

Viel Spaß bei deinem Beautytag, Liebes. Bis bald. :-*

Danke übrigens für die Postkarte. Ich hab sie heute bekommen. Sie ist so schön. WOW. *_*

Ich hab dich auch lieb! <3

***

28.09.2017

***

28.09.2017 19:33 Uhr

Von: wind_in_den_haaren@mailfree.de
An: MiaApplepie@mailfree.de
Betreff: mein date

Mia, ich hatte gerade ein Date mit einem Kommilitonen und er war so nett. Er war richtig angenehm, weil er so schüchtern war. Er ist so klug und so zurückhaltend. Ich mag das so. :D

Wie geht es dir?

***

28.09.2017 20:28 Uhr

Von: MiaApplepie@mailfree.de
An: wind_in_den_haaren@mailfree.de
Betreff: Re: mein date

Oh, wie schön. Freut mich für dich. :)))

***

28.09.2017 20:43 Uhr

Von: wind_in_den_haaren@mailfree.de
An: MiaApplepie@mailfree.de
Betreff: Re:Re: mein date

Habe ich etwas falsch gemacht? :(

***

28.09.2017 20:59 Uhr

Von: MiaApplepie@mailfree.de
An: wind_in_den_haaren@mailfree.de
Betreff: Re:Re:Re: mein date

Nein, sorry. Ich bin nur schlecht drauf. Tut mir leid. Ich sollte das an niemand anderem auslassen. Sorry. :/

Ich freue mich für dich. Und ich hoffe, er bleibt auch weiterhin so lieb. <3

***

28.09.2017 21:07 Uhr

Von: wind_in_den_haaren@mailfree.de
An: MiaApplepie@mailfree.de
Betreff: Re:Re:Re:Re: mein date

Danke dir vielmals. <3.

Bitte sag immer, wenn es dir nicht gut geht. Ich bin ja da, ja? <3

Was machst du heute noch so?

***

28.09.2017 21:54 Uhr

Von: MiaApplepie@mailfree.de
An: wind_in_den_haaren@mailfree.de
Betreff: Re:Re:Re:Re:Re: mein date

Ich werde lesen und du? Von ihm träumen? :D

Ich bin müde. Irgendwie nicke ich ständig ein. Aber ich war heute beim Psychiater und er hat mir Schlaftabletten verschrieben, weil ich so schlecht schlafe. Ich habe schon eine genommen und bin sehr müde. Deswegen sage ich

schon mal gute Nacht.
Aber ich freue mich wirklich für dich. Ich hab dich lieb. <3

***

28.09.2017 22:09 Uhr

Von: wind_in_den_haaren@mailfree.de
An: MiaApplepie@mailfree.de
Betreff: Re:Re:Re:Re:Re:Re: mein date

Es ist so toll, dass du dir Hilfe gesucht hast. Und ich hoffe, dass dein Schlafverhalten sich jetzt deutlich bessert. Gute Nacht, Mialein.
Ich hab dich auch lieb. <3

***

01.10.2017

***

01.10.2017 14:55 Uhr

Von: MiaApplepie@mailfree.de
An: wind_in_den_haaren@mailfree.de
Betreff: Young Adult

Sophiiiie. Mir geht es super. *_*

Ich habe heute ganz viele alte Klamotten gespendet, die ich nicht mehr gebraucht habe. Und Schuhe. Es tut so gut, etwas Gutes zu tun.

Wie geht es dir? Wie läuft es mit Romeo? :D

Hast du dir jetzt eigentlich endlich mal ein Young Adult-Buch gekauft

***

01.10.2017 17:35 Uhr

Von: wind_in_den_haaren@mailfree.de
An: MiaApplepie@mailfree.de
Betreff: Re: Young Adult

Ach Mia. Das klingt doch wundervoll. Du hast es so verdient, dass es dir gut geht, mein Herz. *_* Und du hast deine Sachen gespendet? Das ist bestimmt ein tolles Gefühl. :O

Ich freue mich, wenn es dir so gut geht. <3 Ich habe mir tatsächlich letztens ein Young Adult-Buch gekauft. Aber ich habe noch nicht weitergelesen, ehrlich gesagt. Bis jetzt ist es aber ganz gut.

Mir geht es prima. Ich habe noch ein Date mit Iwan. Er ist so lieb, Mia. Hilfe. *_*

Was machst du heute noch?

***

01.10.2017 17:47 Uhr

Von: MiaApplepie@mailfree.de
An: wind_in_den_haaren@mailfree.de
Betreff: Re:Re: Young Adult

Immerhin hast du schon damit angefangen. :D Ansonsten hätte ich dich wieder schimpfen müssen. :D

Oh. Iwan heißt er also. Das klingt doch gut. Du wirkst aufgeregt. :3 Ich wünsche dir auf jeden Fall wirklich ganz viel Spaß. Die Daumen sind gedrückt. <3

Ich werde noch lesen und aufräumen und weiter ausmisten. Es tut gut, seinen alten Schund loszuwerden. <3

***

01.10.2017 23:43 Uhr

Von: wind_in_den_haaren@mailfree.de
An: MiaApplepie@mailfree.de
Betreff: Re:Re:Re: Young Adult

Oh, Mia. Er hat mich geküsst. Ich schwebe gerade auf Wolke Sieben. Hilfe. *_*

Was liest du im Moment? Und hast du noch aufgeräumt?

<3 Gute Nacht, falls du schon schläfst. <3

***

02.10.2017

***

02.10.2017 11:32 Uhr

Von: MiaApplepie@mailfree.de
An: wind_in_den_haaren@mailfree.de
Betreff: Teeeeee.

Ich habe tatsächlich schon geschlafen, sorry. Momentan gehe ich immer sehr früh ins Bett. Es ist so angenehm, denn ich nehme die Tablette, trinke meinen Tee, lese und werde dann müde. Und ich kann endlich einfach mal einschlafen und durchschlafen. Wundervoll.

Sophie, bitte pass auf dein Herz auf, ja? Du schenkst es einfach zu schnell her. Gehe es langsam an mit Iwan, versprichst du mir das, bitte? Ich gehe nachher zum Friseur und bin schon total aufgeregt. *_*

***

02.10.2017 13:56 Uhr

Von: wind_in_den_haaren@mailfree.de
An: MiaApplepie@mailfree.de
Betreff: Re: Teeeeee.

Ich freue mich wirklich sehr, dass die Schlaftablette hilft und, dass du sie auch regelmäßig nimmst. Das ist gut. Dann kann sich ein Medikamentenspiegel aufbauen und vielleicht fällt es dir mit der Zeit noch leichter einzuschlafen? Ich würde es dir so wünschen. Je früher du ins Bett gehen kannst, desto mehr müssen die blöden Gedanken weichen, die dich sonst immer quälen. <3

Du bist lieb, dass du dich so um mein Herz sorgst. Das bedeutet mir wirklich viel. ;_;

Was lässt du dir beim Friseur machen? Deine schönen langen Haare schneidest du dir hoffentlich nicht ab. :O
<3

***

02.10.2017 16:12 Uhr

Von: MiaApplepie@mailfree.de
An: wind_in_den_haaren@mailfree.de
Betreff: Friseur.

<3 Ich bin auch froh, dass ich mir Hilfe gesucht habe.

Also meine Haare sind jetzt ganz kurz. Das glaubst du mir wahrscheinlich nicht. Aber ich habe noch kein Foto. :D Mich haben die langen Haare so genervt und ich hatte einfach so Lust auf etwas Neues. Es musste Veränderung her.

Ich muss noch mit Raik zum Arzt und dann müssen wir noch einkaufen. :x

Deswegen weiß ich nicht, wann ich mich wieder melden kann.

Ich wünsche dir einen schönen Abend. Bis bald. <3

***

02.10.2017 17:18 Uhr

Von: wind_in_den_haaren@mailfree.de
An: MiaApplepie@mailfree.de
Betreff: Re: Friseur.

Deine Haare sind raspelkurz? Waaaaas? Oh, deine schönen langen Haare! Aber ich mir sicher, dass dir die neue Frisur auch gut steht. Ich bin ja mal gespannt auf das Foto, das du hoffentlich nicht vergisst. ;)

Was ist denn mit Raik? :/ Ich hoffe, es ist nichts Schlimmes.

Alles klar, melde dich einfach, wenn dir danach ist, ja?
Ich hab dich lieb.

***

12.10.2017

***

12.10.2017 12:33 Uhr

Von: MiaApplepie@mailfree.de
An: wind_in_den_haaren@mailfree.de
Betreff: Fragebogen

Liebste Sophie,

ich habe mir gerade gedacht, dass ich dir ein paar lustige Fragen stelle. Vielleicht hast du ja Lust, mir die zu beantworten? Ich würde mich sehr freuen. Also. Let's go!

1. Hast du ein Lieblingsessen?
2. Welche Musik magst du besonders gern?
3. Was ist dein Lieblingsgetränk?
4. Gehst du gerne feiern?
5. Dein Halloweenkostüm für dieses Jahr?
6. Meer oder Berge?
7. Das Land, in das du auf jeden Fall noch reisen möchtest?
8. Sammelst du etwas?
9. Dein Lieblingseis?
10. Dein Lieblingsschauspieler/Deine Lieblingsschauspielerin?
11. Wenn du eine gute Fee sehen würdest, was würdest du dir wünschen?
12. Wovor hast du Angst?
13. Worauf schaust du bei anderen Menschen zuerst?
14. Hast du einen Tic?
15. Wie sehen deine Socken heute aus?
16. Etwas, das du am Tag mindestens einmal in die Hand nimmst?
17. Dein Lieblingskleidungsstück, bzw. das mit dem du am meisten verbindest?
18. Deine Lieblingssüßigkeit?

19. Auf welcher Seite trägst du deine Handtasche am liebsten?

20. Deine Lieblingsjahreszeit?

***

12.10.2017 13:17 Uhr

Von: wind_in_den_haaren@mailfree.de
An: MiaApplepie@mailfree.de
Betreff: Re: Fragebogen

Oh, Mia. Das ist eine gute Idee. :D

Hier sind meine Antworten:

1. Hast du ein Lieblingsessen?

Ja, Pasta!

2. Welche Musik magst du besonders gern?

Eigentlich höre ich alles an Musik. Außer Volksmusik und Techno, beidem kann ich nicht wirklich etwas abgewinnen.

3. Was ist dein Lieblingsgetränk?

Mh, ich mag Kaffee, Weißwein, Wasser mit Sprudel oder Eistee. Inzwischen mag ich auch normalen Tee ganz gern. (wer daran wohl schuld ist? :D)

4. Gehst du gerne weg?

Von Leuten, die mich nerven? Ja.

5. Dein Halloweenkostüm für dieses Jahr?

Ich gehe als ich selbst. Erschreckend genug.

6. Meer oder Berge?

Meerberge! Spaß. Das Meer. Immer das Meer.

7. Das Land, in das du auf jeden Fall noch reisen möchtest?

Australien. Ich habe so viele Bekannte, die dort schon waren und ihre Fotos haben in mir das Fernweh geweckt.

8. Sammelst du etwas?

Ich sammle Kugelschreiber. Wie schrullig.

9. Dein Lieblingseis?

Vanille und Erdbeere!

10. Dein Lieblingsschauspieler/Deine Lieblingsschauspielerin?

Ich liebe Jodi Foster.

11. Wenn du eine gute Fee sehen würdest, was würdest du dir wünschen?

Dass die Menschen endlich netter zueinander sind.

12. Wovor hast du Angst?

Vor Spinnen und Wespen.

13. Worauf schaust du bei anderen Menschen zuerst?

Auf / In die Augen.

14. Hast du einen Tic?

Ich spiele ständig mit meinen Haaren, wenn ich nervös bin.

15. Wie sehen deine Socken heute aus?

Schwarz - weiß. :D

16. Etwas, das du am Tag mindestens einmal in die Hand nimmst?

Mein Handy.

17. Dein Lieblingskleidungsstück, bzw. das mit dem du am meisten verbindest?

Mein senfgelber Schal, den habe ich mit damals mit Papa gekauft.

18. Deine Lieblingssüßigkeit?

Alles was schokoladig ist.

19. Auf welcher Seite trägst du deine Handtasche am liebsten?

Rechts.

20. Deine Lieblingsjahreszeit?

Der Sommer!

Und jetzt du! :D

***

12.10.2017 14:21 Uhr

Von: MiaApplepie@mailfree.de
An: wind_in_den_haaren@mailfree.de

Betreff: Re:Re: Fragebogen

Oh, ich liebe deine Antworten und du hast einen echt guten Geschmack. :D Hab mir jetzt alles abgespeichert, damit ich dir nicht mehr die falschen Sachen koche, etc., falls ich dich mal bekochen sollte. :D

So. Meine Antworten.

1. Hast du ein Lieblingsessen?

Ich liebe griechisches Essen. Gyros ist das Beste. Ever.

2. Welche Musik magst du besonders gern?

Ich mag auch eigentlich so ziemlich alles. Es kommt einfach total auf meine Stimmung an.

3. Was ist dein Lieblingsgetränk?

Teeeeeeee in allen Variationen. Und heiße Schokolade.

4. Gehst du gerne weg?

Deine Antwort hierauf war genial. :D Ich gehe nicht so gerne weg, ich mag betrunkene Leute nicht so.

5. Dein Halloweenkostüm für dieses Jahr?

Ich feier Halloween nicht so wirklich. Aber wenn, dann wäre ich vielleicht ein Vampir. :D

6. Meer oder Berge?

Meer. Obwohl ich die Berge auch sehr liebe.

7. Das Land, in das du auf jeden Fall noch reisen möchtest?

Island würde mich total interessieren.

8. Sammelst du etwas?

Ich habe mal Briefmarken gesammelt. Inzwischen sammle ich Bücher. Und Erinnerungen.

9. Dein Lieblingseis?

*Schokolade und Pfefferminz. *_**

10. Dein Lieblingsschauspieler/Deine Lieblingsschauspielerin?

Anthony Hopkins und Mr. Depp. :O

11. Wenn du eine gute Fee sehen würdest, was würdest du dir wünschen?

Ich würde gerne zaubern können. Und damit dann die Probleme lösen, die auf der Welt herrschen.

12. Wovor hast du Angst?
Vor meinen Gedanken. Und vor der Nacht.
13. Worauf schaust du bei anderen Menschen zuerst?
Generell erstmal ins Gesicht. :3
14. Hast du einen Tic?
Ich knibbel mir gerne die Haut an den Fingern ab und knabbere an meinen Fingernägeln. :s
15. Wie sehen deine Socken heute aus?
Rosa mit weißen Wölkchen. :D
16. Etwas, das du am Tag mindestens einmal in die Hand nimmst?
Mein Handy. #nachmacher
17. Dein Lieblingskleidungsstück, bzw. das mit dem du am meisten verbindest?
Mein schwarzes T-Shirt mit der weißen Rose darauf.
18. Deine Lieblingssüßigkeit?
Ich liebe Gummibärchen. <3
19. Auf welcher Seite trägst du deine Handtasche am liebsten?
Auch rechts. :D
20. Deine Lieblingsjahreszeit?
Ich liebe den Herbst, all die bunten Blätter.

Puh. Das waren viele Fragen. Danke fürs Mitmachen. :D

***

12.10.2017 14:47 Uhr

Von: wind_in_den_haaren@mailfree.de
An: MiaApplepie@mailfree.de
Betreff: Re:Re:Re: Fragebogen

Danke auch dir fürs Beantworten. :D
Ich fahre jetzt mit Iwan noch essen. Was machst du heute?
Ich hab dich lieb. <3

***

15.10.2017

***

15.10.2017 20:37 Uhr

Von: wind_in_den_haaren@mailfree.de
An: MiaApplepie@mailfree.de
Betreff: Miaapplepiiiie und Tee. <3

Mia, ich hoffe, es geht dir gut. Du hast dich auf meine letzte Mail nicht mehr gemeldet. Du weißt, dass ich mir immer Sorgen um dich mache? Wie geht es dir? Was machen die dunklen Gedanken?

Hast du Lust, dass wir uns bald wiedersehen? Ich würde mich sehr freuen.

- Sophie.

***

15.10.2017 22:56 Uhr

Von: MiaApplepie@mailfree.de
An: wind_in_den_haaren@mailfree.de
Betreff: Re: Miaapplepiiiie und Tee. <3

Sophie, es tut mir so leid. Ich habe irgendwie einfach mal Ruhe gebraucht und hatte jetzt einige Tage mein Handy aus.

Aber: ich werde mir morgen endlich ein sarchastic-Konto einrichten. Dann können wir uns endlich über sarchastic schreiben - und sogar telefonieren.

Dein Nickname dort war "philoSophie", richtig? Ich sag dir dann morgen Bescheid, ja?

Schlaf gut.

Mia.

***

15.10.2017 23:11 Uhr

Von: wind_in_den_haaren@mailfree.de
An: MiaApplepie@mailfree.de
Betreff: Re:Re: Miaapplepiiiie und Tee. <3

Miiiia, das freut mich gerade sehr. *_*

Mit sarchastic ist alles so viel einfacher und entspannter. :D

Wie geht's dir denn? <3

***

16.10.2017

***

16.10.2017 02:33 Uhr

Von: MiaApplepie@mailfree.de
An: wind_in_den_haaren@mailfree.de
Betreff: Die Suche nach dem Sinn.

Ich weiß, langsam nerve ich damit. Aber es geht einfach nicht mehr, Sophie. Ich habe einfach keine Kraft mehr. Und ich habe kapiert, dass ich das nicht alleine schaffe. Die Dunkelheit verschlingt mich. Und ich habe so so so Angst, Sophie. Ich habe Angst vor mir selbst. Und das ist nicht gut. Ich werde morgen mit Raik sprechen. Und ich hoffe, er unterstützt mich in meinem Vorhaben. Wenn es klappt, werde ich mich jetzt für länger nicht mehr melden, weil ich in eine Klinik möchte. Ich brauche Hilfe. Ich schaffe das nicht mehr alleine. Ich melde mich, wenn ich wieder aus der Klinik bin, ja? Bitte sei nicht böse. Ich hoffe, du verstehst das. Aber es geht einfach nicht mehr.

Ich hab dich lieb, Sophie. Vergiss das nicht.

In Liebe

Mia.

***

16.10.2017 11:27 Uhr

Von: wind_in_den_haaren@mailfree.de
An: MiaApplepie@mailfree.de
Betreff: Re: Die Suche nach dem Sinn.

Ich weiß, du wirst das hier erst einmal nicht mehr lesen. Aber ich bin bei dir, wenn auch in Gedanken. Und ich respektiere deinen Wunsch, in der nächsten Zeit keinen

Kontakt zu haben. Ich bin da, das weißt du. Und ich werde auf dich warten.

Du bist so stark. Du schaffst das. Ich glaub an dich.

Ich hab dich auch lieb.

In Liebe.

Sophie.

***

28.11.2017

***

28.11.2017 16:32 Uhr

Von: MiaApplepie@mailfree.de
An: wind_in_den_haaren@mailfree.de
Betreff: Klinik

Sophie, bitte entschuldige, dass ich mich erst jetzt melde. Mir ging es in den letzten Wochen absolut schrecklich, wie du ja mitbekommen hast. Nun werde ich nächste Woche aus der Klinik entlassen. Gerade sitze ich im Café, hier gibt es WLAN. Und ich trinke einen Tee. Du kennst mich ja. :) Die Therapie hat mir geholfen, aber ich habe gemerkt, dass ich draußen auch einen Therapeuten brauche. So sehr ich meinen Bruder liebe, aber ... es reicht einfach nicht.

Ich hoffe, du kannst mir verzeihen, dass ich mich so lange nicht gemeldet habe. Aber ich musste zuerst alles etwas ordnen. Bitte hab Geduld, ich werde versuchen, mich wieder öfter zu melden. Aber die Dunkelheit ist gerade wieder sehr präsent. Und das macht mir Angst. Auch, wenn sie nicht mehr ganz so präsent ist. Aber ich werde sie wohl immer als ständigen Gast dabei haben. Momentan geht es mir aber – außer heute – doch echt gut. Ich bin stabil und fühle mich, seit langem, mal wieder lebendig. Und es tut so gut, Sophie.

Wie geht es dir?

Fühl dich gedrückt.

Mia.

***

28.11.2017 17:12 Uhr

Von: wind_in_den_haaren@mailfree.de
An: MiaApplepie@mailfree.de

Betreff: Re: Klinik

Mia! Oh, Mia. Ich freue mich gerade sehr, dass du dich meldest. Zugegeben, ich kam beinahe um vor Sorge. Aber ich bin froh, dass du mir jetzt schreibst. Und es gibt ja auch einen triftigen Grund für deine Abwesenheit. Ich freue mich sehr, zuhören, dass dir die Therapie hilft und, dass du bald entlassen wirst.

Die Suche nach einem Therapeuten gestaltet sich manchmal etwas schwierig, aber man darf nicht aufgeben. Wenn du Hilfe brauchst, ich helfe dir. Immer.

Mir geht es soweit gut. Ich würde gerne bald wieder einen Tee mit dir trinken.

Melde dich, wenn dir danach ist.

Küsschen

Sophie

***

07.12.2017

***

07.12.2017 00:12 Uhr

Von: MiaApplepie@mailfree.de
An: wind_in_den_haaren@mailfree.de
Betreff: Geburtstagsgrüße

Happy Birthday, Sophie! Ich wünsche dir nur das Beste. Du hast alles Glück der Welt verdient, du bist ein wunderbarer Mensch. In deinem Leben soll immer die Sonne scheinen. Und lass dich heute schön feiern, ich hoffe, du bist nur von Menschen umgeben, die dich lieben. Fühl dich gedrückt.
Mia

***

07.12.2017 10:01 Uhr

Von: wind_in_den_haaren@mailfree.de
An: MiaApplepie@mailfree.de
Betreff: Re: Geburtstagsgrüße

Mia, du bist verrückt! Gerade habe ich dein Paket entgegengenommen. Du hättest mir doch gar nichts schenken müssen! Oh my. DANKE für deine Glückwünsche und DANKE für die wunderbaren Geschenke. Ich bin schon so gespannt, die Gesichtsmasken auszuprobieren. Danke, Mia. Du bist so ein verdammt toller Mensch. Und ich habe gerade spontan beschlossen, doch zu feiern. Heute ab 15:00 Uhr in *Beetkes Café*. Vielleicht möchtest du auch kommen? Ich würde mich sehr freuen. ♥
Ich hab dich lieb, mein Herz.
Sophie.

***

07.12.2017 11:28 Uhr

Von: MiaApplepie@mailfree.de
An: wind_in_den_haaren@mailfree.de
Betreff: Re:Re: Geburtstagsgrüße

Liebe Sophie, ich komme sehr gerne!

***

07.12.2017 11:35 Uhr

Von: wind_in_den_haaren@mailfree.de
An: MiaApplepie@mailfree.de
Betreff: Re:Re:Re: Geburtstagsgrüße

Oh, Mia, das freut mich sehr.
Dann bis später? Ich freu mich. :-*

***

07.12.2017 22:33 Uhr

Von: wind_in_den_haaren@mailfree.de
An: MiaApplepie@mailfree.de
Betreff: danke

Liebes, danke, dass du den heutigen Tag mit mir verbracht hast. Und dafür, dass du so lange bei mir warst. Es war wirklich schön. Und mir schien es, als würde es dir wieder besser gehen? Außerdem finde ich deine neue Frisur wundervoll. Sie steht dir hervorragend. Ich hab dich so gern. Ohne dich wäre ich nichts. Und ich hoffe, du bist gut nach Hause gekommen.

***

07.12.2017 23:09 Uhr

Von: MiaApplepie@mailfree.de
An: wind_in_den_haaren@mailfree.de
Betreff: Re: danke

Ich bin jetzt zu Hause, liebe Sophie. Danke für die Einladung. Es war ein sehr lustiger und schöner Tag. Ich hab dich auch sehr gern und bin froh, dich als Freundin zu haben. Vergiss' das nicht.

***

07.12.2017 23:27 Uhr

Von: wind_in_den_haaren@mailfree.de
An: MiaApplepie@mailfree.de
Betreff: Re:Re: danke

Oh, Mia. ich bin auch verdammt froh, dich als Freundin zu haben. Vergiss DU das nicht.

Lachen musste ich ja, als der Kellner mir die Torte vor die Nase gestellt hat. Eine Kindertorte? Ernsthaft? Dafür muss ich die anderen noch schimpfen. :D

***

07.12.2017 23:37 Uhr

Von: MiaApplepie@mailfree.de
An: wind_in_den_haaren@mailfree.de
Betreff: Re:Re:Re: danke

Danke, Sophie. <3

Ja, das mit der Torte war echt lustig. :D

Gute Nacht, Liebes.

***

07.12.2017 23:43 Uhr

Von: wind_in_den_haaren@mailfree.de
An: MiaApplepie@mailfree.de
Betreff: Re:Re:Re:Re: danke

Gute Nacht, meine Liebe. <3

***

13.12.2017

***

13.12.2017 18:32 Uhr

Von: MiaApplepie@mailfree.de
An: wind_in_den_haaren@mailfree.de
Betreff: Mein Kopf ist komisch.

Sophie, ich weiß manchmal nicht, was mit meinem Kopf los ist. Einmal bin ich total super drauf und habe das Gefühl, ich könnte Bäume ausreißen. Und dann bin ich total schnell genervt und total gereizt und total weinerlich. Und das macht mich verrückt. Gerade geht es mir echt gut. Ich war mit Raik unterwegs, seine Freunde waren dabei und die sind echt total nett zu mir. Ich denke, Raik hat so einiges zu ihnen gesagt, damit sie mir nicht blöd kommen. Aber sie waren nett und hilfsbereit. Ich fühl mich trotzdem so allein, Sophie. Ich bin inmitten dieser Gruppe und fühle mich allein. Alles, was ich will ist, mich ins Bett zu legen und nicht mehr aufzustehen. Ich habe keine Kraft mehr. Soziale Kontakte machen mich schwach und saugen so viel Kraft. Meinst du, das wird irgendwann mal besser? Ich habe irgendwie so wenig Hoffnung, dass das Leben ein Licht am Ende des Tunnels für mich bereithält. Und das macht mir Angst. Was ist, wenn es nie besser wird, Sophie? Was ist, wenn das mein Leben ist? Ich kann das nicht mehr. Ich halte das einfach nicht mehr aus. Ich schaff das nicht mehr.

Wie geht es dir? Vielleicht können wir uns bald mal wieder sehen?

Ich hab dich lieb.

Mia.

***

13.12.2017 19:52 Uhr

Von: wind_in_den_haaren@mailfree.de
An: MiaApplepie@mailfree.de
Betreff: Re: mein kopf ist komisch.

Mia, ich hab jetzt gerade nicht so viel Zeit, weil Iwan da ist. Aber ich möchte dir zumindest kurz antworten.

Ich weiß, dass die Dunkelheit in dir jeden Tag da ist. Aber du musst versuchen, durchzuhalten. Du bist stark. Es wird besser. Es wird bestimmt bald besser. Du bist nicht alleine. Bist du nicht. Ich bin da. Immer, ja? Alles wird gut, Mia. Glaub mir. Du bist stark. Wir schaffen das zusammen. Ich hab dich so lieb, du bist die beste, Mia. <3

Ich muss Schluss machen, Iwan und ich gehen gleich ins Kino. Melde dich, ja?

Bitte.

- Sophie.

***

21.12.2017

***

21.12.2017 02:53 Uhr

Von: MiaApplepie@mailfree.de
An: wind_in_den_haaren@mailfree.de
Betreff: du warst die sonne.

Liebste Sophie,

ich habe lange darüber nachgedacht und bin jetzt zu dem Entschluss gekommen, dass diese wilde Welt nichts für mich ist. Ich bin nicht stark genug. Ich bin nicht gut genug. Diese Welt ist zu groß für mich. Alles überfordert mich, macht mir Angst. Die Dunkelheit hat gewonnen. Sie hat mich einfach eingeholt. Sie ertränkt mich. Ich ertrage das alles nicht mehr. Ich ertrage das nicht mehr, Sophie. Es tut mir leid. Es tut mir so leid. Bitte glaub mir das.

Du warst mir eine verdammt gute Freundin und ich habe dich in der kurzen Zeit sehr in mein Herz geschlossen. Du warst meine Sonne, Sophie. Du hast mir immer die dunklen Stunden erleuchtet und mir Kraft gespendet. Ohne dich hätte ich nicht so lange durchgehalten. Aber jetzt ... jetzt kann ich einfach nicht mehr. Es geht nicht mehr, Sophie. Ich kann einfach nicht mehr.

Es tut mir leid, wenn ich dir mit meinem Schritt wehtue. Aber ich muss einfach einmal egoistisch sein. Es tut mir leid, Sophie. Ich werde immer auf dich aufpassen.

Bleib so mutig und stark. Gib nicht auf. Du bist ein wundervoller Mensch und du verdienst nur das Beste. Bleib stark. Bleib stark. Bleib stark.

Und glaub an dich.

Vergiss mich nicht. Ich hab dich lieb – vergiss das nicht.

In Liebe.

Mia

***

21.12.2017 06:02 Uhr

Von: wind_in_den_haaren@mailfree.de
An: MiaApplepie@mailfree.de
Betreff: Re: du warst die sonne.

Mia? Ist diese Nachricht ein schlechter Scherz? Ich mache mir gerade verdammt große Sorgen um dich. Melde dich bitte, sobald du diese Nachricht liest! An dein Handy gehst du nämlich auch nicht. Bitte schreib mir, ja? Oder ruf mich zurück. Bitte. Sobald du das hier liest oder meine verpassten Anrufe auf deinem Handy siehst.

***

21.12.2017 09:14 Uhr

Von: wind_in_den_haaren@mailfree.de
An: MiaApplepie@mailfree.de
Betreff: Das ist kein lustiger Witz

Mia. Ich finde das nicht lustig. Fuck. Bitte schreib zurück oder geh an dein Handy, verdammt. Wenn du keinen Kontakt mehr möchtest, in Ordnung. Könnte ich sogar verstehen, denn ich war echt nicht für dich da letztens. Ich mache mir große Vorwürfe. Als ich im Kino war, wollte ich dir nochmal schreiben. Aber ... ich habe es nicht getan. Fuck. Ich hab gerade echt Angst. Also, selbst wenn du keinen Kontakt mehr willst, weil ich dich so enttäuscht habe (was mir verdammt leid tut. :( ), dann schreib bitte kurz zurück. Einfach, damit ich weiß, dass es dir gut geht.

***

21.12.2017 14:43 Uhr

Von: wind_in_den_haaren@mailfree.de
An: MiaApplepie@mailfree.de
Betreff: Ein besorgniserregender Zeitungsartikel

Ich sitze hier und weine. Bitte bitte, lieber Gott. Bitte. Shit. Ich ... ich weiß nicht, was ich sagen soll. Und ich hoffe so sehr, dass dieser Zeitungsartikel "http://www.02nachrichten.de/hamburg/article524442003/leichenfund-an-Köhlbrandbrücke.html" nicht von dir handelt. Hier steht „In den frühen Morgenstunden fanden Spaziergänger die Leiche eines 23-jährigen Mädchens. Allem Anschein nach sprang sie von der Brücke, wir gehen von Suizid aus."

Mia. Bitte nicht. Bitte nicht.

Du weißt doch, dass du mir jederzeit hättest schreiben können.

***

21.12.2017 17:37 Uhr

Von: wind_in_den_haaren@mailfree.de
An: MiaApplepie@mailfree.de
Betreff: Mia?

Ich habe die Uni heute geschwänzt. Immer noch hoffe ich auf ein Lebenszeichen von dir. Auf eine Nachricht. Irgendeine. Ich möchte mir nicht vorstellen, dass du nicht mehr hier sein sollst. Dass du einfach gegangen bist. Ich hätte besser für dich da sein sollen. Ich hätte zu dir fahren müssen. Ich hätte zu dir fahren müssen und für dich da sein müssen. Ich bin so eine schlechte Freundin. Mia, es tut mir so leid. Gott, ich hasse mich so sehr. Ich hätte für dich da sein müssen. Ich ... ich ... fuck.

***

21.12.2017 23:16 Uhr

Von: wind_in_den_haaren@mailfree.de
An: MiaApplepie@mailfree.de
Betreff: Bitte geh an dein Handy

Wein war schon immer mein bester Freund und deiner Tee. Ich weine und trinke Wein. Und du fehlst mir. Und ich habe so Angst vor der kalten Wahrheit. Manchmal frage ich mich ob es ein Leben nach dem Tod gibt. Und wenn ja, passt dann ständig jemand auf mich auf? Mia. Mia. Ich will nicht glauben, dass du weg bist. Nein. Ich glaube das auch nicht. Ich bin mir sicher, dass du einfach nur den Kontakt abbrechen wolltest.

Du fehlst mir. Melde dich.

***

24.12.2017

***

24.12.2017 15:23 Uhr

Von: wind_in_den_haaren@mailfree.de
An: MiaApplepie@mailfree.de
Betreff: Weihnachten.

Liebe Mia,

ich wünsche dir und deiner Familie ein schönes Weihnachtsfest. Heute fahre ich nach Hause zu meiner Mama und meinem Papa. Dann schmücken wir den Baum und anschließend bereiten wir das Essen zu. Ich freue mich auch auf Fiete. Wir haben sogar einen Spieleabend geplant. Manchmal habe ich Angst vor Weihnachten, aber vielleicht wird es dieses Jahr ganz schön? Du hast mir so gute Ratschläge gegeben, wie ich den Zwist mit meinem Bruder beseitigen kann und es hat scheinbar geholfen. Wir gehen viel besser miteinander um. Ich habe mit Iwan Schluss gemacht. Er erinnert mich zu sehr an den Abend, an dem ich für dich hätte da sein sollen.

Ich hoffe, es geht dir gut. Wo auch immer du gerade bist.

Fröhliche Weihnachten, Mia.

Deine Sophie.

***

01.01.2018

***

01.01.2018 01:12

Von: wind_in_den_haaren@mailfree.de
An: MiaApplepie@mailfree.de
Betreff: Neujahr.

Liebe Mia, ich wünsche dir ein frohes neues Jahr. An jedem Jahresende wünsche ich mir, dass das darauffolgende Jahr besser wird. Und man nimmt sich so viel vor und erreicht dann letztendlich doch nichts. Eigentlich wollte ich mein diesjähriges Silvester mit dir feiern. Am Jahresende werde ich immer so rührselig. Aber du fehlst mir, Mia. Und ich weiß inzwischen ganz ganz sicher, dass du das Mädchen von der Brücke bist. Eine Kommilitonin hat mir erzählt, dass das Mädchen von der Brücke eine Philosophiestudentin namens Mia war. Außerdem habe ich deine Todesanzeige entdeckt. Ich dachte, mir wird das Herz aus meiner Brust gerissen, als ich dein Foto dort sah. Und neben dir dein Todesdatum.

Mia, warum? Ich hätte mir gewünscht, ich hätte es gemerkt. Warum habe ich nichts bemerkt? Ich will Psychologin werden und dann sehe ich den Notfall nicht mal, wenn er vor meinen eigenen Augen steht. Ich hasse mich so sehr. Ich hätte es vielleicht verhindern können. Ich hasse mich. Du fehlst mir. Scheiße. Du fehlst mir.

Mia. Du fehlst mir.

Ich drück dich.

Sophie

***

01.01.2018 01:13

MAIL DELIVERY FAILURE.

Ihre E-Mail konnte nicht zugestellt werden.

***

01.01.2018 01:15

Von: wind_in_den_haaren@mailfree.de
An: MiaApplepie@mailfree.de
Betreff:

Meine E-Mail konnte nicht zugestellt werden? Nein. NEIN. Hat jemand deinen E-Mail-Account gelöscht? Mia. Bitte nicht.

***

01.01.2018 01:16

MAIL DELIVERY FAILURE.
Ihre E-Mail konnte nicht zugestellt werden.

***

01.01.2018 01:19

Von: wind_in_den_haaren@mailfree.de
An: MiaApplepie@mailfree.de
Betreff:

Fuck.

***

01.01.2018 01:21

MAIL DELIVERY FAILURE.
Ihre E-Mail konnte nicht zugestellt werden.

***

03.01.2018

***

03.01.2018 10:42 Uhr

Von: wind_in_den_haaren@mailfree.de
An: MiaApplepie@mailfree.de
Betreff: Klausur

Liebe Mia,

Heute habe ich eine wichtige Klausur und ich wünschte, du würdest mir Glück wünschen können. Ich wünschte, ich hätte dich noch an meiner Seite.

Eigentlich will ich nicht aufhören, dir zu schreiben. Aber es macht einfach ... keinen Sinn. Es tut mir weh, zu wissen, dass ich nie wieder mit dir Insider austauschen kann; dass ich nie wieder mit dir einen Tee trinken gehen kann; dass wir nie wieder zusammen Nachmittage verbringen. Ich hatte das Gefühl, du wärst meine zweite Hälfte, meine langersehnte beste Freundin.

Und dann sehe ich nicht einmal, dass es dir so schlecht geht. Ich fühle mich schrecklich. Und ich habe das Gefühl, meine Berufswahl nochmal gründlich überdenken zu müssen.

Du warst so ein guter Mensch. Ich wünschte, man hätte dir besser helfen können.

Ich muss jetzt los zur Uni. Drück mir die Daumen.

Sophie.

***

03.01.2018 10:44 Uhr

MAIL DELIVERY FAILURE.

Ihre E-Mail konnte nicht zugestellt werden.

***

03.01.2018 13:22 Uhr

Von: wind_in_den_haaren@mailfree.de
An: MiaApplepie@mailfree.de
Betreff: danke. <3

Daumendrücken hat geholfen, es lief ziemlich gut! :)

Jens hat sich nochmal gemeldet, er hat sich entschuldigt und mir dann im gleichen Atemzug erzählt, dass ich nicht die erste Studentin bin, mit der er ein Abenteuer hatte. Eigentlich hätte ich ihm antworten müssen. Du hättest gewusst, was ich ihm schreiben soll. Aber ich habe ihm einfach nichts mehr zu sagen. Er geht mir auf den Keks. Er hat mich verletzt.

Und ich habe dich verletzt, in dem ich nicht für dich da war. Ich wünschte, ich könnte die Zeit zurückdrehen, Mia.

Du fehlst mir.

***

03.01.2018 13:23 Uhr

MAIL DELIVERY FAILURE.

Ihre E-Mail konnte nicht zugestellt werden.

***

04.01.2018

***

04.01.2018 15:12 Uhr

Von: wind_in_den_haaren@mailfree.de
An: MiaApplepie@mailfree.de
Betreff: schneemann.

Der Schnee bleibt nicht lange liegen. Aber du würdest dich freuen, immerhin hast du den glitzernden Schnee so sehr geliebt.

Ich hätte mit dir so gerne einen Schneemann gebaut. Danach hätten wir uns auf meine Couch gekuschelt, mit einer Kanne Tee und Süßigkeiten. Wir hätten einen Film geguckt und uns unterhalten. Ich wünschte, ich könnte die Zeit zurückdrehen, Mia.

Du fehlst mir. Bald hast du Geburtstag.

***

04.01.2018 15:14 Uhr

MAIL DELIVERY FAILURE.

Ihre E-Mail konnte nicht zugestellt werden.

***

05.02.2018

***

05.02.2018 00:12 Uhr

Von: wind_in_den_haaren@mailfree.de
An: MiaApplepie@mailfree.de
Betreff: Geburtstag.

Meine liebste Mia,

ich wünsche dir alles, alles Gute zum Geburtstag. Wärst du hier, ich würde Tee trinken mit dir. In *Beetkes Café*. An unserem Stammtisch. Ich vermisse dich so sehr, dass ich es nicht in Worte fassen kann. Du hast ein Loch in mein Herz gerissen. Ein Loch, an dem ich selbst schuld bin.

Ich hoffe, du feierst im Himmel und lässt es dir gut gehen. Iss' himmlischen Kuchen für mich und trinke himmlischen Tee, ja? Ich bin mir sicher, dass du als Engel dort oben bist und den männlichen Engeln den Kopf verdrehst.

Du warst die beste Freundin, die man sich wünschen kann. Alles Gute, Babe.

Ich hab dich lieb.

Deine Sophie. ♥

***

05.02.2018 15:14 Uhr

MAIL DELIVERY FAILURE.

Ihre E-Mail konnte nicht zugestellt werden.

***

02.03.2018

***

02.03.2018 23:54 Uhr

Von: wind_in_den_haaren@mailfree.de
An: MiaApplepie@mailfree.de
Betreff: farewell.

Mia. Dies ist meine letzte Nachricht.

Ich habe mit meiner Mama gesprochen und auch sie ist der Meinung, dass ich mich von dir trennen muss. Es macht keinen Sinn mehr, dir zu schreiben, wenn alles, was ich zurückbekomme, eine Systemnachricht ist. Und das Wissen, dass ich dir nicht mehr schreiben kann, zerreißt mir das Herz. Aber es muss sein. Ich muss mich lösen, auch wenn mein Herz in Scherben vor mir liegt. Es wird mir fehlen, dir zu schreiben.

Noch immer kann ich nicht glauben, dass du diesen Schritt gegangen bist. Ich hätte mir gewünscht, dass wir das gemeinsam schaffen. Ich hätte mir gewünscht, dass ich es sehe. Du hättest es so sehr verdient, dass das Leben besser wird. Du hattest noch dein ganzes Leben vor dir. Und ich bin, ehrlich gesagt, auch ein bisschen wütend auf dich. Ja, es war egoistisch. Verdammt egoistisch. Und du glaubst gar nicht, wie sauer ich auf mich selbst bin. Wie enttäuscht. Wie groß der Hass mir gegenüber ist. Ich kann es gar nicht in Worte fassen. Ich hätte dich retten können, aber ich war zu blind.

Und du wolltest deinen Schmerz einfach los sein. Und das verstehe ich. Ich verstehe dich so gut. Aber ich kann nicht nicht sauer auf dich sein. Du warst meine zweite Hälfte, meine Seelenverwandte. Ich bin mir sicher, dass unsere Freundschaft noch intensiver geworden wäre, wenn wir ein bisschen mehr Zeit gehabt hätten.

Ich sitze jetzt in unserem Café, sie haben dort inzwischen

WLAN. Und ich trinke deinen Lieblingstee, Drachenfrucht-Wildbeere. Und mir laufen die Tränen unaufhörlich, weil es ein Abschied ist. Ein fester, strikter Abschied. Und es ist mir egal, ob mich jeder ansieht. Ich muss mich von dir verabschieden. Es bricht mir einfach das Herz und aus diesem Grund lasse ich den Tränen freien Lauf.

Der Tee riecht nach dir und er riecht nach einem Nachmittag voller Lachen und guten, intensiven Gesprächen. Er erinnert mich an Nachmittage voller Freundschaft.

Und mit diesem Gefühl werde ich mich verabschieden.

Du warst eine wunderbare Freundin. Und du fehlst mir so sehr, du hast ein riesiges Loch in mein Herz gerissen.

Ich werde dich nie vergessen, Mia. Du warst etwas Besonderes. Du warst für mich besonders.

Danke für deine Freundschaft.

Ich hoffe, es geht dir gut, wo auch immer du gerade bist.

In Liebe.

Sophie.

***

02.03.2018 23:55 Uhr

MAIL DELIVERY FAILURE.

Ihre E-Mail konnte nicht zugestellt werden.

***

I'd care if you killed yourself.

Ich habe lange überlegt, ob ich dieses Kapitel schreiben soll oder nicht. Doch ich finde, es ist ein verdammt wichtiges Thema. Ein Thema, das mich schon jahrelang begleitet; denn es ist ein Thema, dem man immer wieder begegnet.

Suizid. Freitod.

Solltest du mit diesen Gedanken konfrontiert sein, bitte - **BITTE** - hol dir Hilfe. Denk niemals, dass du ein Stück Scheiße bist. Denk niemals, dass dein Leben nicht lebenswert ist. Denn es ist lebenswert. Führe ein Glückstagebuch, schreibe auf, welche Kleinigkeit dich an dem jeweiligen Tag glücklich gemacht hat. Der Wind in den Bäumen, dass du aufgestanden bist, dass du etwas gegessen hast, dass du eine Nachricht bekommen hast, dass jemand an dich gedacht hat, dass die Sonne heute zu sehen ist, das Atmen deines Haustieres, der Regen, dein Herzklopfen.

Suchst du Gründe, um am Leben zu bleiben?

<u>Ich habe einige. Und es gibt noch so viele mehr:</u>

- Ein Buch in der Sonne lesen.
- Das Meer.
- Die Berge.
- Das Lachen deiner Freunde und Familie.
- Das Schnurren einer Katze. Die Freude eines Hundes.
- Lagerfeuer.
- So doll zu lachen, bis man weint.
- Im Bett liegen und Serien schauen.
- Konzerte.
- Dein Lieblingsessen.
- Musikhören beim Autofahren.
- Die ganzen Orte, an denen du noch nicht warst, aber irgendwann hin möchtest.
- Die ganzen Menschen, die du noch nicht getroffen hast.

- Das Geräusch von Regen auf dem Hausdach. Der Geruch danach.
- Du wirst gebraucht.
- Du wirst geliebt.
- Das Geräusch der Herbstblätter, auf die man tritt.
- Der Geruch im Frühling.
- Das Knirschen des Schnees.
- Sonnenaufgang und Sonnenuntergang.
- Dein Atmen.
- Mitternachtssnacks.
- Die Musik laut aufdrehen und dazu tanzen.
- Die Sterne.
- Jemandem den Tag retten.
- Kuscheln.
- Eis essen an einem heißen Tag am See.
- Wolken beobachten.
- Jemandem ein Kompliment machen.
- Grillen nach einem Tag am See.
- Dein erster selbst bezahlter Urlaub.
- Das Gefühl von Sand unter den Füßen.
- Regenbögen.
- Die Bücher, die du noch lesen wirst.
- Die Musik, die du noch hören wirst.
- Baden/Lange Duschen.
- Liebe.
- Nickerchen.
- Jemandem das erste Mal sagen, dass man ihn liebt.
- Geschenke verschenken.
- Mitternachtsgespräche.
- Winterspaziergänge. Frühlingsspaziergänge. Sommerspaziergänge. Herbstspaziergänge.
- Stille, die nicht unangenehm ist.
- Während des Regens einschlafen.
- Schreiben.
- Heißer Kakao.
- Briefe und Postkarten.
- Fotos und fotografieren.
- Du bist wunderschön.

- Samstagmorgen.
- Wir würden dich vermissen.
- Sagen zu können, dass du am Leben bist.

****

Deutschland
Telefonseelsorge
Telefon: 0800 111 0 111
Telefon: 0800 111 0 222
Nummer gegen Kummer
Telefon: 0800 111 0 550 (Erwachsene)
Telefon: 0800 111 0 333 (Kinder)

Österreich
Rat auf Draht
Telefon: 147

Schweiz
La Main Tendue – Die Dargebotene Hand – Telefono Amico
Telefon: 143

****

Atme. Strecke dich aus. Mach dir Tee. Mach dir Kaffee. Und lenke dich ab. Schau dir Serien oder Filme an. Oder lustige/lehrreiche Videos. Bring deine Gedanken auf etwas anderes. Mach ein Kreuzworträtsel. Mach das Fenster auf. Singe. Male. Zeichne. Schreie. Weine. Alles wird gut. Alles wird gut. Du bist am Leben. Du bist am Leben. Du bist am Leben.

****

Tu es nicht.
Bleib stark. Du bist wundervoll.

WREADERS

Danksagung

Briefe und Tee hätte es beinahe nicht gegeben, weil ich absolut nicht wusste, wohin der Weg mich führen würde und ob ich den Weg überhaupt gehen sollte. Ich hatte nichts geplant, die Kapitel schrieben sich fast wie von selbst. Und einige Wochen später war es fertig und aus der Idee wurde ein Werk - eines, welches du nun in den Händen hältst.

Zunächst richtet sich mein Dank an meine Lektorin Sarah sowie an das gesamte Team des Wreaders-Verlags für euren vollen Einsatz und euer Vertrauen in mich. Ich kann nicht in Worte fassen, wie viel mir das bedeutet.

Ich danke natürlich auch meiner Familie und meinen Freunden für die großartige Unterstützung und den Zuspruch. Ihr habt mir gelehrt, an mich zu glauben - ohne euch wäre ich nicht die Person, die ich heute bin.

Ein besonderer Dank geht an Belle. Ich liebe unsere virtuellen Schreibdates und, dass ich dich immer um Rat fragen kann. Irgendwann sitzen wir uns gegenüber, trinken Kaffee (ich) und Tee (du) und schreiben zusammen. Versprochen.

Zum Schluss danke ich euch Lesern für Eure Liebe, die ihr dieser Geschichte entgegengebracht habt. Ich danke euch für's Hiersein. ♥